Taming
Master
테이밍마스터

테이밍 마스터 17

2017년 7월 12일 초판 1쇄 인쇄
2017년 7월 17일 초판 1쇄 발행

지은이 박태석
발행인 이종주

기획 팀 이기헌 왕소현
책임 편집 최이슬

발행처 (주)로크미디어
출판등록 2003년 3월 24일
주소 서울시 마포구 성암로 330 DMC첨단산업센터 3층 314호
Tel (02)3273-5135 Fax (02)3273-5134
홈페이지 rokmedia.com E-mail rokmedia@empas.com

값 8,000원

ISBN 979-11-294-0480-0 (17권)
ISBN 979-11-5960-986-2 04810 (세트)

17

Taming Master

| 박태석 게임 판타지 장편소설 |

테이밍마스터

ROK
MEDIA
로크미디어

CONTENTS

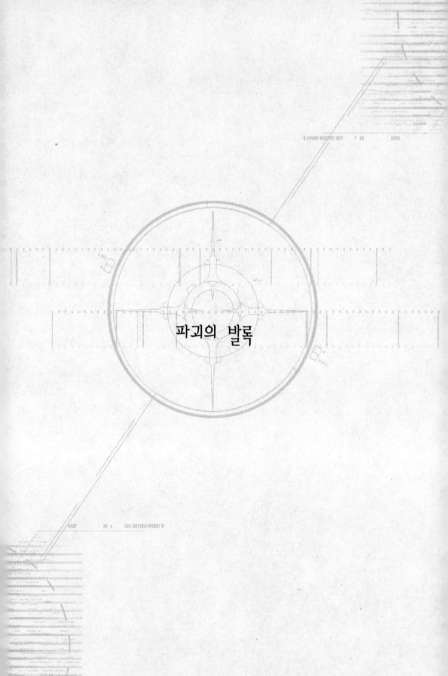

파괴의 발록

Taming
Master

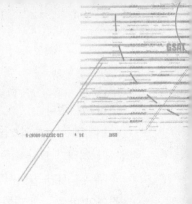

　로터스 길드의 정복 전쟁 이후.

　퓰리오스 길드는 무려 세 개의 영지를 로터스에게 빼앗겼으나, 그 이후 3개월 동안 다시 그 이상의 영지를 수복함으로서 10대 길드에 이름을 올리고 있었다.

　그리고 그럴 수 있었던 이유 중에는, 아이러니하게도 로터스 길드의 도움이 가장 컸다.

　유신이 이안과 돈독한(?) 관계를 유지하면서, 알게 모르게 로터스 길드에 도움을 많이 받았기 때문이었다.

　특히 거리가 가까운 파이로 영지에서는 무상으로 용병을 파견하는 등 물심양면으로 지원한 것이다.

　그렇다고 해서 헤르스와 피올란이 자선사업을 한 것은 당연히 아니었다.

여기에는 모종의 거래가 있었던 것이다.

"일처리가 빨라서 좋군요."

"후후, 시간 끌어서 좋을 게 뭐 있겠습니까. 빨리빨리 움직여야 바로 치고 나가죠."

파이로 영지의 영주 집무실.

피올란과 헤르스의 앞에 웬 사내가 한 명 앉아 있었다.

단정한 파란 머리에 동그란 안경을 쓴, 마치 '학자'같은 느낌을 풍기는 특이한 인상의 남자.

그는 바로 퓰리오스 길드의 참모인 리벨리였다.

커피를 한 모금 홀짝인 피올란이 가볍게 웃으며 입을 열었다.

"그래도 쉽지 않은 결정이셨을텐데, 마스터 유신께서는 뭐라 하시던가요?"

피올란의 말에 리벨리가 멋쩍은 웃음을 지어 보였다.

"뭐, 사실 이 모든 게 마스터의 뜻 아니겠습니까. 실무를 제가 보는 것뿐이지요."

"그런가요? 후후."

유신은 화려한 컨트롤과 상황 판단 능력 등 전투에 필요한 재능이 무척이나 뛰어난 랭커이다.

100레벨도 안 되는 저레벨 시절부터 유명세를 탔을 정도였으니.

게다가 팬덤도 제법 갖고 있는 유신이었다.

그리고 풀리오스 길드는 그런 유신을 중심으로 모인 길드라고 할 수 있었다.

하지만 유신은 길드 운영에 큰 관심이 없었다.

그래서 굵직굵직한 방향성만 제시하면, 참모인 리벨 리가 알아서 길드를 이끌어 나가는 방식으로 지금까지 풀리오스를 운영해 오고 있었다.

그렇기에 이번에도 마찬가지였다.

유신은 이안과 앞으로 노선을 함께하고 싶다는 의중을 리벨리에게 내비쳤고, 그 결과가 바로 이것이었다.

풀리오스 공국이 로터스 왕국의 예하로 들어가게 된 것.

사실 지금까지 카일란에는 예하 길드라는 개념이 없었다.

왕국 선포를 하기 전에는, 타길드를 예하로 둘 수 있는 시스템이 없기 때문이었다.

그런데 이번에 로터스가 왕국 선포를 하면서 예하 길드라는 콘텐츠가 오픈되었고, 풀리오스 공국이 로터스 왕국 소속이 된 것이라고 할 수 있었다.

어쩌면 일반 유저들에게는 무척이나 바보 같아 보일 수도 있는 결정이었다.

로터스가 왕국이 되었다고는 하지만 이제 갓 왕국 선포를 한 수준이었고, 풀리오스 길드도 조금만 더 세력을 키우면 얼마든지 왕국 선포를 할 수 있는 상황이었기 때문이다.

하지만 리벨리는 지금의 결정이 무척이나 영리한 것이라고 생각하고 있었다.

'어차피 로터스는, 결국 왕국을 넘어 제국까지 성장할 게 분명해. 그렇다면 그때 가서 로터스의 속국으로서 왕국 선포를 하면 되겠지.'

정복 전쟁을 거쳐 합병된다면, 길드의 이름 자체가 존속할 수 없게 된다.

하지만 이렇게 동맹 형식으로 머리를 조금 숙이고 들어가면, 오히려 로터스라는 울타리 안에서 보호받으며 성장할 수 있게 되는 것이다.

리벨리의. 퓰리오스 길드의 목표는, 바로 일인지하 만인지상一人之下 萬人之上이었다.

로터스 하나만을 위에 두면, 나머지 모든 길드를 굽어볼 수 있게 되는 위치에 오르는 것이다.

'나쁘지 않아.'

헤르스와 피올란, 그리고 리벨리의 대화는 거의 1시간 가까이 이뤄졌다.

예하 길드로 편입되는 절차에도 제법 시간이 걸렸지만, 그보다 앞으로의 계획에 대해 의논하는 데 더 긴 시간이 소요되었다.

그리고 모든 절차가 끝나자, 리벨리는 빙긋 웃으며 자리에서 일어섰다.

"그럼 앞으로 잘 부탁드립니다, 헤르스 님, 피올란 님."

헤르스와 피올란도 마주 웃으며 고개를 끄덕였다.

"좋아요. 저희도 잘 부탁드려요."

"잘 부탁드립니다. 앞으로 길드 연합 파티도 구성해서 던전공략도 같이하도록 하죠."

"저야 환영입니다."

그리고 잠시 후.

세 사람의 시야에 연이어 시스템 메시지가 떠오르기 시작했다.

띠링- 띠리링-!

-'로터스' 길드와 '퓰리오스' 길드의 길드 단위 계약이 체결되었습니다.

-이제부터 '퓰리오스' 길드는 '로터스'길드의 예하 길드로 편입됩니다.

-'퓰리오스 공국'이 '로터스 왕국'의 속국이 되었습니다.

-'퓰리오스'길드 소속의 모든 유저들이 '로터스 왕국'의 관료로 편입됩니다.

-이제부터 특정 조건을 만족할 시, 국왕 '이안'이 퓰리오스 길드의 유저들에게 공작 이하의 작위를 하사할 수 있습니다.

흡족한 표정으로 시스템 메시지들을 쭉 읽어 내려가던 헤르스가 문득 리벨리를 응시하며 입을 열었다.

"아, 그런데 리벨리 님."

“네, 헤르스 님.”

“혹시, 정말 혹시나 해서 여쭤보는 건데요. 유신 님은 아직도 이안이랑 듀오로 계속 사냥하고 계신 겁니까?”

그에 리벨리가 뒷머리를 긁적이며 대답했다.

“아마도······요?”

피올란이 혀를 내두르며 감탄했다.

“대단한 분이시군요.”

리벨리도 고개를 절레절레 저었다.

“인정합니다. 그나저나 무슨 일인지, 오늘은 아직 접속을 안 하시네요. 대규모 업데이트 끝나고 서버 열린 지 벌써 한나절은 훌쩍 지났는데······.”

“흐아아암!”

창을 타고 스며들어오는 따뜻한 햇살.

방 안을 가득 메우는 포근한 기운에, 슬며시 눈을 뜬 유신은 기지개를 켜며 입이 찢어져라 하품을 했다.

“흐음, 오랜만에 정말 푹 잤군. 대규모 업데이트를 꿀이라고 생각할 날이 올 줄이야.”

매일같이 이안에게 혹사당하던 유신은, 대규모 업데이트 덕에 오랜만에 꿀 같은 잠을 잘 수 있었다.

신규 에피소드가 오픈되면서 그와 관련된 영상을 6시간이나 방영한다는 것은 알고 있었지만 그는 잠을 택했다.

원래대로였다면 상상도 할 수 없었던 일이었다.

하지만 아침에 일어나 이렇게 개운한 느낌을 받고 나니, 그 선택이 틀리지 않았음을 다시 한 번 확인할 수 있었다.

"개운한 걸 보니, 이제 슬슬 서버 오픈할 시간이려나?"

서버 오픈 예정 시간은 오전 9시.

전날 오후 6시에 잠에 든 유신은, 밝아 오기 시작한 창밖을 보며 만족스런 미소를 지었다.

날이 밝기 시작한 것을 보니 아침 7시쯤 된 듯했다.

"후후, 알맞게 일어났군."

한차례 기지개를 켠 유신은, 살짝 긴장한 표정으로 스마트폰을 열어 보았다.

마치 어제 소개팅으로 만난 여자의 메시지를 확인하기라도 하는 듯, 조심스러운 손길이었다.

그리고 역시나 스마트폰을 켜자마자, 메인 화면에 예상했던 인물의 메시지가 떠 있었다.

―이안 님의 메시지가 도착했습니다.

그리고 그것을 본 유신이 고개를 절레절레 저으며 중얼거렸다.

"후, 이놈은 정말, 로봇인 게 분명해."

그런데 스마트폰의 잠금을 풀고 메시지를 확인한 순간, 유신의 표정이 완전히 굳어 버렸다.

메인에 떠 있던 메시지 전에, 몇 개의 메시지가 더 와 있었던 탓이었다.

−AM : 08:07

이안 : 유신, 설마 서버 오픈이 1시간도 안 남았는데 아직까지 자고 있는 건 아니겠지?

−AM : 08:48

이안 : 오픈 10분 전이야. 얼른 일어나, 유신!

−AM : 08:59

이안 : 유신, 실망이야. 이렇게나 나태할 줄은 몰랐어!

생각지 못했던 상황에 당황한 유신은, 다급히 시간을 다시 확인했다.

그리고 절망할 수밖에 없었다.

−PM : 03:27

이안 : 일어나는 즉시 뉴란 산맥으로 튀어 오도록.

유신의 스마트폰 구석에 떡하니 떠올라 있는 PM 06:59라는 문구.

그의 동공이 가늘게 떨려 왔다.

"지금이…… 오전 7시가 아니라, 오후 7시였어?"

침대에서 반사적으로 벌떡 일어난 유신은, 마치 훈련소의 신병처럼 신속하게 움직이기 시작했다.

이안을 더 실망시키지 않기 위해선 조금이라도 빨리 접속해서 사냥터로 튀어 가야 했다.

쿠웅-!

열댓 마리의 크고 작은 골렘들이 한순간에 자리에서 멈춰 섰다.

그리고 새까맣던 칠흑의 골렘들의 위에, 빨간 기운이 덧입혀지기 시작했다.

우우웅-!

멀찍이서 광역 마법을 발동시킨 후 이안을 돕기 위해 전장으로 달려가던 레미르는 벙 찐 표정이 되고 말았다.

"이……걸 노린 거였어?"

발록의 상징과도 같은 기술이자, 상대하기 지극히 까다롭기로 유명한 고유 능력인 영혼 잠식.

발록과 여러 번 전투를 겪어 본 레미르는, 이 영혼 잠식이라는 스킬에 대해 잘 알고 있었다.

　물론 소환술사가 아니기 때문에 구체적인 계수나 발동 조건 같은 것은 알지 못했지만, 생명력이 낮은 적들의 영혼을 잠식시켜 일정 시간 동안 조종할 수 있게 되는 능력이라는 정도는 아는 것이다.

　그리고 여기까지 생각이 미치자, 순간적으로 소름이 돋는 것을 느꼈다.

　'어찌 보면 별것 아니긴 하지만, 이렇게까지 완벽하게 타이밍을 맞춰 발동시키다니!'

　영혼 잠식 스킬을 생각해 내는 것까지는, 사실 어지간히 게임 센스가 있는 랭커들이라면 다들 가능한 수준의 발상이라고 할 수 있었다.

　하지만 놀라운 것은, 총 열다섯 마리의 골렘들을 한 마리도 남김없이 잠식시키는 데 성공했다는 것이다.

　이안이 이 급박한 순간에도 모든 적들의 생명력 게이지를 정확히 체크했다는 방증이었다.

　그리고 이렇게 된 이상, 칠흑의 골렘이 까다로울 건 아무것도 없었다.

　칠흑의 골렘을 네임드로 만들어 줬다고 해도 과언이 아닌 고유 능력인 '땅의 맹약'이 완벽히 무력화되어 버린 것이다.

　칠흑의 골렘은 그저 맷집만 좋은 360레벨의 잡몹에 불과하게 되어 버렸으니까.

한편 레미르가 감탄하는 동안에도, 이안은 쉬지 않고 오더를 내리며 소환수들을 컨트롤하고 있었다.

이제 이안의 손아귀에 들어온 열다섯 마리의 미니미 골렘들이 동시에 모체를 공격하기 시작한 것이다.

쾅- 콰쾅-!

거대한 바윗덩이들이 강하게 부딪치자, 여기저기서 굉음이 울려 퍼졌다.

미니미 골렘들의 공격은 느릿했지만 육중한 덩치의 모체가 피해 낼 수 있을 리 없었고, 어마어마한 골렘의 생명력 게이지가 차츰차츰 깎여 내려가기 시작했다.

그리고 그에 분노한 모체 골렘이 억울한 듯 허공을 향해 포효했다.

그어어어-! 크어어-!

칠흑의 골렘이 가진 즉발 광역 기술 중 하나인, 어둠의 파동.

콰콰쾅-!

어둠의 파동은 범위가 넓지 않은 대신 어마어마한 공격력을 가진 기술이었지만, 이안에게는 전혀 위협이 될 수 없었다.

-'칠흑의 골렘'의 고유 능력인 어둠의 파동으로 인해, '칠흑의 소형 골렘1'이 치명적인 피해를 입었습니다.

-소환 마수 '크르르'의 '영혼 잠식' 고유 능력으로 인해, '칠흑의 소형 골렘1'은 피해를 입지 않습니다.

-'칠흑의 소형 골렘1'의 생명력이 0만큼 감소합니다.

영혼 잠식에 당한 개체들은 지속 시간 동안 '무적' 상태이기 때문에, 아무런 피해를 입지 않은 것이었다.

물론 이안의 다른 소환수들은, 이미 골렘의 동작만을 보고 빠르게 범위 바깥으로 빠져 나간 상태였다.

쿵- 쿵- 쿠쿵-!

십수 마리의 소형 골렘들이, 모체의 둔중한 육체를 쉴 새 없이 두들겼다.

그리고 모든 영혼을 완벽히 잠식한 크르르가 움직이기 시작하자, 이안의 시선이 날카롭게 움직였다.

어느새 절반 이하로 떨어진 골렘의 생명력 게이지.

"누나, 단일 화력 전부 집중해 줘!"

"오케이!"

이안과 레미르의 집중 포화가 시작되었다.

쾅- 콰콰쾅-!

그야말로 완벽한 프리딜이었다.

그리고 두 탑급 랭커가 프리딜을 하기 시작하자, 아무리 강력한 맷집을 가진 칠흑의 골렘이라도 속수무책일 수밖에 없었다.

게다가 둘러싼 소형골렘들에 의해 움직일 수 없는 상태가 되자, 크르르의 최강의 공격 기술인 파괴 광선에 그대로 직격당할 수밖에 없었다.

콰아아아-!

-소환마수 '크르르'의 고유 능력인 파괴 광선이 발동합니다.

-소환수 '크르르'가 '칠흑의 골렘'에게 치명적인 피해를 입혔습니다.

-'칠흑의 골렘'의 생명력이 479,830만큼 감소합니다.

레벨 차이가 심함에도 불구하고 3,700퍼센트에 육박하는 어마어마한 계수 덕에, 파괴 광선은 괴랄한 대미지를 만들어 내고 있었다.

그극- 그그극-!

골렘의 몸을 이루고 있는 바윗덩이들이 서로 부대끼며 애처로운 마찰음이 울려 퍼졌다.

이제 골렘의 생명력 게이지는 20퍼센트도 채 남지 않았다.

이안의 마무리 오더가 이어졌다.

"크르르, 파령섬!"

-크르르르!

파괴의 발록 크르르의 두 번째 고유 능력인 파령섬.

크르르의 손끝에서 강렬한 마염이 뿜어져 나왔고, 그 새빨간 화염은 골렘의 전신을 빠르게 휘감기 시작했다.

-소환수 '크르르'의 고유 능력인 '파령섬'이 발동됩니다.

-'칠흑의 골렘'의 생명력이 10,978만큼 감소합니다.

-파령섬의 흡혈 효과로 인해, 소환수 '크르르'의 생명력이 6,038만큼 회복되었습니다.

-소환수 '크르르'가 가진 모든 고유 능력의 재사용 대기 시간이 '2초'

만큼 회복됩니다.

파령섬은 지속적으로 대미지를 입히는 도트 공격 스킬이지만, 사실상 적에게 피해를 입히기 위한 스킬은 아니었다.

공격 계수 자체가 워낙 낮기 때문이다.

하지만 파령섬으로 인해 회복되는 재사용 대기 시간은, 크르르의 Dps$_{Damage Per Sec}$가 상승하는 데 커다란 영향을 준다.

파령섬이 지속되는 동안 모든 고유 능력의 재사용 대기 시간이 초당 3초만큼씩 줄어들게 되니, 재사용 대기 시간 7분짜리 스킬을 거의 2분 만에 다시 사용할 수 있게 되는 것이었다.

바로 이렇게…….

콰아아아─!

크르르의 커다란 입이 쩍 하고 벌어지며, 그 가운데서 강렬한 붉은 기운이 또다시 뿜어져 나왔다.

그리고…….

쿠웅─!

마치 산처럼 거대한 칠흑의 골렘의 육체가, 회백색으로 산화하며 그대로 무너져 내리고 말았다.

전투가 시작된 지 고작 5분만의 일이었다.

"야, 그 빨간색 광선 같은 거 있잖아."

"응?"

"그, 막 이리저리 튕겨 나가는 빨간 광선."

"아, 크르르 고유 능력?"

"응, 그거."

칠흑의 골렘을 쓰러뜨리고 뇌옥의 안쪽으로 진입한 레미르와 이안.

붉은 마기를 내뿜으며 뒤따라오는 크르르를 보며, 레미르가 호기심 어린 표정으로 이안에게 물었다.

"대체 그 스킬, 공격 계수가 몇이야? 아무리 발록이라고 해도 250레벨대 마수가 그런 괴랄한 딜이 나오는 건 말이 안 되는데."

이안은 심드렁하게 대꾸했다.

"3,700퍼센트 정도 돼."

"……?"

레미르가 두 눈을 동그랗게 뜨며 반문했다.

"3,700이라고? 쿨 2~3분짜리 공격 스킬 계수가 뭐 그리 높아?"

레미르의 물음에, 이안이 실소를 흘리며 대답했다.

"아, 원래 재사용 대기 시간은 7분이야. 다른 고유 능력 중에 재사용 대기 시간 빨리 돌아오게 하는 스킬이 따로 있어서 그래."

"아아……."

이안은 파령섬에 대한 이야기를 해 주었고, 그제야 수긍한 레미르는 고개를 끄덕였다.

마법사의 스킬 중에도 파령섬과 비슷한 역할을 하는 스킬이 있었기 때문이었다.

어쨌든 던전에 입장한 두 사람은, 마치 뒤뜰에 산책이라도 나온 양 여유 있게 1층을 쓸고 지나갔다.

레미르 혼자서도 몰이사냥을 할 수 있었던 수준의 사냥터였기에, 이것은 사실 당연한 결과라고 할 수 있었다.

지루한 표정으로 귀를 후비적거리는 이안을 보며, 레미르가 한마디 했다.

"여유 부리지 마. 이제부터가 시작이니까, 단단히 긴장하는 게 좋을 거야."

이안이 반색하며 되물었다.

"그래?"

"응. 지하층부터는 여기랑 차원이 다르더라고. 일반 등급 잡몹들 레벨도 최소 380부터가 시작이야."

"오오!"

레미르의 말에, 이안의 눈이 반짝이기 시작했다.

그는 최근 350레벨이 넘은 뒤, 레벨 업 속도가 현저히 떨어지는 것을 느끼고 있었기 때문이었다.

'잡몹이 최소 380이라니. 이거 완전 꿀이잖아!'

물론 지금까지 이안이 사냥해 왔던 던전들에도, 380레벨은 물론 많게는 420레벨이 넘는 몬스터가 등장했었다.

하지만 일반 등급 잡몹의 레벨이 380이상인 경우는 아직한 번도 본 적이 없었다.

등장 몬스터들의 최소 레벨이 350이상이었던 잊힌 영혼의무덤의 경우에는, 아예 일반 등급의 몬스터 자체가 등장하지않았던 것이다.

그렇다면 일반 등급 몬스터의 레벨대가 높은 것이 왜 중요한가.

그 이유는 간단했다.

바로 경험치 효율이 좋기 때문이다.

카일란에서는 같은 레벨의 몬스터라도 등급 차이에 따라사냥 난이도가 천차만별이다.

하지만 몬스터로부터 획득할 수 있는 경험치는 등급 차이보다는 레벨 차이에 영향을 더 많이 받는다.

시스템이 이렇다 보니, 낮은 레벨의 높은 등급 몬스터를사냥하는 것보다 높은 레벨의 일반 등급 몬스터를 사냥하는것이 경험치 획득에 더 유리할 수밖에 없는 것이다.

'380레벨 일반 등급 몬스터라 봐야 350레벨 희귀 등급 몬스터보다 약할 거고…….'

폭업을 할 생각에 신이 난 이안은 콧노래까지 흥얼거리며던전 아래층을 향해 걸음을 옮겼다.

그런데 그때, 이안의 시야에 생각지 못했던 시스템 메시지가 떠올랐다.

　띠링─!

　─'어둠의 뇌옥' 던전을 발견하셨습니다.

　─유저 '레미르'와 파티 상태이므로, 던전의 최초 발견 버프 효과가 공유됩니다.

　─'리치 킹 샬리언'의 기운이 느껴집니다.

　─'영웅, 뮤란의 안배'가 발동됩니다.

　메시지를 읽은 이안이 어리둥절한 표정을 지었다.

　"어, 이게 뭐지?"

　"뭐가?"

　"누나는 시스템 메시지 안 떴어?"

　"음? 던전 입장했다는 메시지?"

　"아니, 그거 말고."

　레미르는 이안보다 더욱 어리둥절한 표정을 지어 보였다.

　레미르의 눈에는, 이안의 시야에 떠오른 메시지가 보이지 않는 듯했다.

　이안이 낮은 목소리로 중얼거렸다.

　"뮤란이라……. 어디서 많이 들어 본 것 같은데?"

　그리고 그의 중얼거림을 들은 레미르가 곧바로 핀잔을 주었다.

　"바보야, 뮤란이면 루스펠 제국의 수도였던 도시 이름 아냐? 여기서도 멀지 않잖아. 그런데 뮤란은 갑자기 또 왜?"

그리고 레미르의 말을 들은 이안은, 루스펠의 수도 뮤란뿐 아니라 하나의 기억이 추가로 떠올랐다.

"아……!"

이안이 히든 클래스 '테이밍 마스터'가 될 수 있도록 만들어 준 바로 그 아이템.

'그래, 뮤란의 크리스털. 그걸 왜 잊고 있었지?'

궁사 랭커였던 이안이 캐릭터 초기화를 결심하게 되었던 계기이자, 히든 클래스로 전직할 수 있게 해주는 매개체로 유명한 뮤란의 크리스털.

뮤란이라는 이름이 낯이 익었던 이유는 바로 거기에 있었다.

'맞아. 그러고 보니 루스펠의 수도 뮤란도 그렇고, 뮤란의 크리스탈도 그렇고, 과거 루스펠 제국의 영웅인 뮤란의 이름을 따서 이름 지어졌다고 했었어!'

이안의 머리가 빠르게 회전하기 시작했다.

'그럼 레미르 누나에게는 메시지가 안 뜨고 나에게만 뜬 것은, 뮤란의 크리스털과 관련이 있는 건가?'

'뮤란의 안배'라는 말.

이것이 어쩐지 뮤란의 크리스털과 관련이 있을 것만 같았다.

이안은 궁금증을 풀기 위해 레미르에게 물어보았다.

"누나."

"응?"

"혹시 누나는, 히든 클래스 처음 얻을 때 어떤 경로로 얻었어?"

"음, 그건 일급비밀인데……."

"아니, 그럼 이것만 말해 줘. 혹시 누나 뮤란의 크리스털을 통해서 히든 클래스를 얻은 거야?"

그리고 레미르는 고개를 절레절레 저으며 대답했다.

"노노, 그건 아니야. 조금만 말해 주자면, 내 히든 클래스는 태양신 퀘스트쪽이랑 관련이 있어."

"아하."

레미르의 대답을 들은 이안은 자신의 추측에 조금씩 확신이 서기 시작했다.

'이거 흥미진진한데? 여기서 영웅 뮤란의 이름이 나올 줄이야. 그렇다면 뮤란과 샬리언은 또 어떤 관계인 거지?'

이안은 천천히 걸음을 옮기면서, 호기심 어린 눈빛으로 던전 여기저기를 훑어보았다.

이 상황에 대한 어떤 단서라도 찾을 수 있을까 해서였다.

하지만 특별한 단서는 찾을 수 없었고, 계단을 전부 내려가자 널찍한 밀실이 이안의 시야에 들어왔다.

그리고 그곳에는 수없이 많은 언데드들이 두 사람을 기다리고 있었다.

레미르가 보유하고 있는 버프 스킬들을 전부 다 캐스팅하며 입을 열었다.

"여기서부터는 정말 전력을 다 해야 하니까, 너 소환수 빨리 전부 다 소환해."

"알겠어, 누나."

이안은 곧바로 할리와 빡빡이 등 소환하지 않고 있던 소환수들을 전부 다 소환했다.

그리고 제법 넓은 밀실에 빼곡하게 들어차 있는 언데드들을 보며 정령왕의 심판을 고쳐 쥐었다.

이안이 보기에도 얕잡아볼 수 있는 수준의 몬스터들은 아니었다.

'경험치도 경험치지만, 히든 퀘스트의 냄새가 물씬 난단 말이지.'

한편 이안 일행을 발견한 언데드들도 천천히 그들을 향해 다가왔다.

"크르륵—!"

"켈켈, 침입자다! 침입자를 공격하라!"

"케에에엑, 맛있게 생긴 영혼이다!"

그리고 바로 그 순간, 밀실 구석에 있던 거대한 바위가 굉음을 내며 움직이기 시작했다.

그그극— 그그그극—!

이안의 시선은 자연스레 그곳을 향해 움직였고, 바위가 움직인 자리에는 칠흑과도 같은 어둠이 나타났다.

그에 이어, 어둠 속에서 짙게 빛나는 한 쌍의 보랏빛 눈동자.

-이곳엔 그 누구도 들일 수 없노라.

또각또각.

하르가수스의 등에 올라탄 묵빛 갑주의 기사가 흉흉한 기운을 내뿜으며 천천히 모습을 드러내었다.

전설 등급의 언데드인 데스 나이트.

죽음의 기사가 이안을 향해 창을 겨누었다.

마계 20구역의 깊숙한 곳.

데이드몬의 신전의 꼭대기에 새카만 기운이 내려앉기 시작했다.

마치 신전을 집어삼키기라도 할 듯, 강렬한 어둠의 기운이 휘몰아치며 신전의 주변으로 빨려들었다.

그러자 그 근방에서 사냥하던 마계의 유저들이 그것을 발견하고는 탄성을 질렀다.

"와, 20구역에서 사냥한 지도 벌써 일 주일은 넘은 것 같은데 저런 현상은 처음 보네."

"오오, 저거 뭐지? 이펙트 엄청난데요? 저거 뭔지 아시는 마령사님 계신가요?"

마령사는 쉽게 말하면, 마족들의 사제 클래스라고 할 수 있었다.

그리고 마신의 신전은, 마족 유저들이 마령사로 전직할 수 있는 전직소와도 같은 곳이다.

신전을 중심으로 생성된 신기한 이펙트이기에 유저들이 마령사를 찾는 것이었다.

한 마령사 유저가 입을 열었다.

"아, 저거, 신탁 내려올 때 발생하는 이펙트예요."

"신탁……요?"

"네. 마신 데이드몬이 무슨 신탁을 내렸나 봐요."

"엇! 혹시 히든 퀘스트라도 생성되려나?"

"글쎄요. 저도 신탁이 내려오는 걸 직접 본 건 이게 두 번째라서요. 그나저나 좀 특이하긴 하네요. 지난번에 신탁이 내려올 땐 어두운 기운이 아니라 붉은 빛이었던 것 같은데."

유저들이 웅성거리는 것과는 별개로, 뻗어 내려오는 묵빛의 기운은 점점 더 강해졌다.

그리고 잠시 후, 검정색 망토를 등에 두른 한 남자가 신전의 앞에 나타났다.

이어서 신전의 문이 열리더니 남자는 그 안으로 걸어 들어갔고, 신전 주변에 휘몰아치던 기운은 차츰차츰 잦아들기 시작했다.

그야말로 찰나지간에 벌어진 일이었다.

무슨 일인지 궁금한 유저들이 신전 가까이 다가가려 했지만 그것은 불가능했다.

아직까지 신전의 주변에 남아 있는 검은 기운이, 유저들의 접근을 허용하지 않았던 것이다.

그리고 그 잠깐 사이에, 남자 위에 떠 있던 이름을 읽은 한 유저가 작은 목소리로 중얼거렸다.

"카데스라…… 어디서 들어 본 이름 같기는 한데, 설마 유저는 아니겠지?"

흑마법사들의 로망이자, 최강의 언데드 소환물로 알려진 죽음의 기사.

이안과 레미르의 앞에 나타난 죽음의 기사는 전설 등급인데다 무려 420레벨이었고, 그에 걸맞은 강력한 무력을 가지고 있었다.

덕분에 이안은, 정말 오랜만에 아찔할 정도로 아슬아슬한 전투를 벌이고 있었다.

콰쾅- 쾅-!

이안의 황금빛 창과 데스나이트의 묵빛 창이 맞부딪치며 커다란 굉음이 울려 퍼졌다.

그리고 그 무시무시한 타격음에 어울리는 어마어마한 대미지가 이안의 생명력 게이지를 뭉텅이로 잘라 내었다.

'아오, 막았는데도 이런 미친 대미지가 들어오면 어쩌자는 거야?'

누군가가 이안의 창을 막아 내며 했을 생각을 그대로 하고 있는 이안이었다.

하지만 뭉텅이로 깎여 나간 이안의 생명력은, 또다시 빠르게 차올랐다.

이안이 여기저기서 날아드는 투사체를 피할 때마다 생명력이 회복되고 있는 것이다.

정령왕의 심판에 붙어 있는 '초월 옵션'의 위력.

조금 떨어진 곳에서 이안을 힐끗 본 레미르는, 등에 식은 땀이 흐르는 것을 느꼈다.

'뭐 저렇게 아슬아슬하게 플레이하는 거야? 위험할 것 같으면 차라리 탱커 하나 더 구해서 리트라이 오면 되는 건데.'

레미르가 이런 생각을 하는 것도 무리는 아니었다.

이안의 생명력 게이지는, 20퍼센트~90퍼센트까지 마치 롤러코스터처럼 왔다 갔다 하고 있었던 것이다.

하지만 시간이 지나자, 데스나이트의 공격 패턴이 눈에 익은 이안은 점점 그를 압도하기 시작했다.

위태롭게 출렁이던 이안의 생명력 게이지는 안정되었으며, 이제 슬슬 데스나이트의 생명력 게이지도 깜빡거리고 있었다.

-쥐새끼 같은 놈!

격노한 데스나이트가 묵창墨槍을 더욱 격렬하게 휘두르기 시작했다.

하지만 그것은 오히려 이안에게 기회였다.

공격 하나하나의 위력은 더 강해졌지만, 그만큼 동작이 커졌기 때문에 피하기 쉬워진 탓이었다.

이안은 마치 다람쥐처럼 데스나이트의 공격을 요리조리 피해 내며 유효타를 누적시켰다.

퍽- 퍼퍽- 퍽!

그런데 그때, 갑자기 레미르의 다급한 음성이 울려 퍼졌다.

"이안아, 뒤쪽!"

스켈레톤 위저드가 쏜 위력적인 보랏빛 마력의 구체가 이안의 등을 향해 날아들고 있었던 것이다.

아무리 이안이라 해도 피하기 힘들어 보이는 절묘한 각도였다.

레미르는 투사체가 날아드는 위치로 다급히 실드 마법을 캐스팅했지만, 시간상 막아 내기에는 역부족으로 보였다.

'젠장, 잘하면 이안이 게임 아웃될 수도 있겠는데?'

빠르게 상황을 판단한 레미르는 실드 마법 캐스팅을 취소하고, 오히려 공격 마법을 캐스팅하기 시작했다.

어차피 마력의 구체를 막아 내는 것은 불가능해 보였고,

그렇다면 이안이 살아남기를 바라면서 데스 나이트를 공격
하는 게 더 나은 선택지였으니까.

하지만 다음 순간, 레미르가 생각지도 못했던 상황이 펼쳐
졌다.

콰아앙–!

이안의 지척까지 날아들었던 거대한 마력의 구체가, 돌연
허공에서 터져 나간 것이다.

"……?"

그리고 그 자리에는, 마치 거북의 등껍질같이 생긴 반투명
한 푸른빛의 물체가 두둥실 떠올라 있었다.

"엇! 훈이, 네가 여긴 어쩐 일로……."

뉴란 산맥의 중턱.

뇌옥 던전으로 들어가는 길목에서, 훈이와 유신이 마주
쳤다.

생각지도 못했던 인물과 마주치자, 훈이의 두 눈이 살짝
커졌다.

'오, 이게 웬 횡재냐! 그렇지 않아도 퀘스트 난이도 높아서
한 명 정도 더 있었으면 했는데.'

유신은 실력을 믿을 수 있는 랭커 중 한 명이었기에 그와

마주친 훈이의 표정이 대번에 밝아졌다.

하지만 훈이의 반가움은 그리 오래 이어지지 못했다.

"나는 지금 흑마법사 히든 직업퀘 중이었어. 그러는 형은 여기 어쩐 일인데?"

훈이의 반문에, 유신이 멋쩍은 웃음을 지으며 대답했다.

"하핫, 난 이안이가 불러서……."

"엥? 이 안에 지금 이안 형도 있는 거야?"

"응. 여기에 있다고 이리로 오라던데?"

"……!"

유신의 말을 들은 훈이의 낯빛이 순식간에 누렇게 떴다.

'아니, 내 직업 퀘스트 장소에 하필 왜 이안 형이 들어와 있는 거야?'

히든 퀘스트가 눈앞에 있음에도 불구하고, 던전에 들어가기가 망설여질 정도인 훈이의 이안 공포증.

하지만 유신이 던전 안으로 들어가자, 훈이 또한 저도 모르게 걸음을 옮기고 있었다.

그렇게 이안의 충신(?) 1호와 2호가, 나란히 던전 안으로 진입하기 시작했다.

최고의 재료와 드워프 대장장이가 만나 만들어진 결과물.

드워프 우르크 한은 이 방패를 일컬어 '신의 방패'라고 표현했다.

"제 인생의 역작을 만들게 해 주셔서 감사합니다, 주군."

무려 한 달이라는 시간을 투자해 만들어진 거북 등껍질 방패.

'귀룡의 방패'라는 이름을 가진 이 방패는, 그야말로 압도적인 성능을 자랑했다.

귀룡의 방패 (+15)

분류 : 방패Ego Weapon　　　　**등급** : 신화
초월 횟수 : 3차 초월　　　　　**영혼 레벨** : Lv. 125
착용 제한 : 레벨 300, 소환술사 전용
방어력 : 2,870~3,525　　　　　**피해 흡수** : 95.57퍼센트
영혼력 : 8,750

*방패 아이템의 '피해 흡수' 옵션은 공격을 막아 냈을 시에만 발동됩니다. (공격을 완벽히 막아 내지 못했을 경우, 피해 흡수 비율이 감소합니다.)

*영혼력은 모든 일반 공격으로 인한 피해를 추가로 영혼력(8,750)만큼 감소시킵니다(피해 흡수가 발동했을 경우, 흡수되고 남은 피해를 추가로 감소시킵니다).

내구도 : 10,752/10,752

옵션 : 모든 전투 능력 +175(+105)
　　　　통솔력 +750(+450)
　　　　친화력 +2,125(+1,275)

소환된 모든 소환수의 생명력과 방어력이 15퍼센트만큼 증가한다.

*귀룡의 혼魂

귀룡의 혼과 교감하여, 원하는 위치에 즉각적으로 방패의 분신을 소환할 수 있게 된다.

소환된 분신은 3초간 모든 투사체를 흡수하며, 15초 동안 사라지지 않고 유지된다.

―한 번에 최대 세 곳에 분신을 소환할 수 있다.

―아이템을 장비하고 있지 않아도 사용이 가능하다(단, 인벤토리에 보유 중이어야만 함).

―귀룡의 혼이 유지되는 동안, 모든 소환수들의 생명력이 초당 1퍼센트씩 회복된다.

재사용 대기 시간 : 10분

*귀룡의 분노

적의 공격을 방어하는 데 성공할 시, 15퍼센트의 확률로 흡수한 피해의 50퍼센트만큼을 돌려준다.

또, 적의 공격을 방어한 횟수가 1회 누적될 때마다 0.5퍼센트만큼씩 공격력 버프가 걸리게 되며, 100회가 누적될 시 5초 동안 무적 상태가 된다.

―버프는 최대 100회까지 누적이 가능하며, 15초 동안 지속된다.

―버프의 지속 시간이 끝나기 전에 공격 방어에 성공할 시, 지속 시간이 초기화된다.

―초월 옵션 : 모든 소환수가 가진 고유 능력의 재사용 대기 시간을 8퍼센트만큼 감소시켜 준다.

*유저 '이안'에게 귀속된 아이템이다.

다른 유저에게 양도하거나 팔 수 없으며 캐릭터가 죽더라도 드롭되지 않는다.

드워프 '우르크 한'에 의해 제작된 방패이다.

전설의 귀룡이 진화하며 남긴 등껍질로 만든 방패이며, 귀룡의 혼이 담겨 있다.

'휘유, 이게 아니었으면 아까는 정말 위험했어.'

마력의 구체에 당할 뻔했던 아찔한 순간을 떠올리며, 이안이 한숨을 살짝 내쉬었다.

방패의 고유 능력인 '귀룡의 혼'.

다른 옵션들도 엄청나게 훌륭하지만, 이안은 이 귀룡의 혼 스킬이 가장 사기적이라고 생각했다.

인벤토리에 지니고만 있어도 발동시킬 수 있으니, 그야말로 여벌의 목숨이라 할 수 있는 것이다.

양손무기인 장창을 주 무기로 쓰는 이안에게는, 정말 꿀 같은 옵션이 아닐 수 없었다.

사실 카일란에서는 양손무기라 하여도 한손으로 사용할 수 있다.

창과 방패를 동시에 들 수도 있는 것이다.

하지만 그렇게 사용하면 공격력을 비롯한 모든 옵션이 대폭 하락하게 되기 때문에, 이안은 대부분의 경우 방패를 인벤토리에 넣어 두는 편이었다.

이안에게 이 고유 능력에 관한 설명을 간단하게 들은 레미르가 투덜거렸다.

"부적도 아니고 무슨 일반 장비가 인벤토리에서 고유 능력 발동이 되냐?"

"억울하면 누나도 하나 장만하든가."

"어떻게?"

"일단 뾱뾱이 친구를 포획하러 심연의 섬부터 가서……."

이안의 실없는 농담에 레미르는 고개를 절레절레 저었다.

하지만 농담을 주고받는 와중에도, 두 사람은 천천히 던전을 공략해 나가고 있었다.

난이도가 높아 빠르게 클리어하는 것은 힘들었지만, 점점 적응이 되기 시작하자 무척이나 안정적인 진행이 가능해진 것이다.

뇌옥 던전의 구조는 여러 개의 밀실이 이어져 있는 형태였고, 밀실마다 등장하는 언데드의 패턴은 비슷했다.

쿠웅-!

-어둠의 뇌옥, 다섯 번째 데스나이트를 성공적으로 처치하셨습니다.

-뇌옥 지하 2층으로 이어지는 통로가 오픈됩니다.

-뇌옥 지하 1층의 어둠이 걷힙니다.

스스스슷-!

이안과 레미르가 다섯 번째 데스나이트를 처치하자, 밀실을 만들고 있던 새카만 결계가 모두 다 사라졌다.

그리고 두 사람의 시야에 다음 층으로 내려가는 계단이 보였다.

"흐음, 한 층 뚫는 데 거의 4시간이 걸렸네."

이안의 중얼거림에 레미르가 고개를 끄덕이며 대답했다.

"그러게. 그래도 경험치는 충분히 짭짤하잖아. 어딜 가도 4시간 만에 이만큼 경험치 못 쌓을걸."

"그건 인정."

빠르게 상태를 정비한 두 사람은, 다음 층으로 내려가기 위에 발을 내디뎠다.

그런데 그때, 두 사람의 뒤쪽에서 익숙한 목소리들이 들려왔다.

"이안 형, 레미르 누나!"

"이안, 늦어서 미안하다."

두 사람의 정체는 당연히 유신과 훈이.

이렇게 뇌옥 탐사 파티의 전력이 한층 강화되었다.

철컹-!

어둑어둑한 석실 안쪽으로, 묵직한 쇳소리가 울려 퍼졌다.

그리고 지하 뇌옥들 중 하나의 문이 듣기 거북한 마찰음을 내며 천천히 열렸다.

그극- 그그극-!

그러자 그 안에 앉아 있던 한 남자의 눈이 번쩍 뜨였다.

핏자국과 먼지로 인해 누더기가 되기는 했지만, 양쪽 어깨에 아직까지 선명히 남아 있는 그리핀의 문양.

그는 이곳에 끌려오기 전, 루스펠 제국의 왕실기사단 소속이었던 게 분명했다.

"크으⋯⋯."

남자의 입에서 낮은 신음성이 흘러나온다.

빛 한 줌 새어 들어오지 않는 환경 덕에, 이 뇌옥에 갇힌지는 벌써 며칠이 지났는지도 알 수 없었다.

그리고 열린 옥사의 문으로, 어두운 기운을 내뿜는 흑마법사가 걸어 들어왔다.

온몸이 검정색 로브로 덮여 있어 외모는 정확히 보이지 않았지만, 앙상하게 튀어나온 손가락은 그가 정상인이 아님을 보여 주고 있었다.

"크흐흘, 샬리언 님께 선택되었음을 영광으로 알도록."

마치 쇳소리를 듣는 듯 차갑고 걸걸한 목소리.

힘없이 앉아 있던 남자가 그를 노려보며 소리쳤다.

"이 사악한 놈들, 네놈들은 지옥에 떨어질 것이다!"

흑마법사는 남자의 앞으로 천천히 다가왔다.

그리고 머리에 쓰고 있던 후드를 천천히 뒤로 넘겼다.

그러자 그의 기괴한 얼굴이 은은한 불빛에 드러났다.

피골이 상접한 것을 넘어 거의 뼈만 앙상한 수준인 흑마법사의 얼굴.

그의 한쪽 입꼬리가 슬쩍 비틀려 올라갔다.

"크큭, 지옥이라……. 가고 싶어도 갈 수 없는 곳이로군."

"그게 무슨……!"

"지옥이라는 곳. 죽어야 갈 수 있는 곳이 아니겠는가. 이 몸은 영생을 살아갈 터이니, 가고 싶어도 갈 수 없는 곳이겠지."

흑마법사의 비아냥에 남자는 분노했다.

"노옴, 내가 죽여 주마!"

하지만 그의 목소리에는 힘이 하나도 없었고, 몸은 마음대로 움직여 주지 않았다.

그에 흑마법사는, 실소를 흘리며 손가락을 까딱였다.

그러자 남자의 옆에서 시커먼 연기가 피어올랐다.

그리고…….

퍼억-!

둔탁한 타격음과 함께 남자는 정신을 잃고 쓰러졌다.

순식간에 나타난 스켈레톤 한 마리가, 커다란 둔기로 그의 뒤통수를 가격한 것이었다.

무려 제국 황실기사단의 기사인 남자.

그가 원래의 힘을 가지고 있었더라면 이런 공격에 당하지 않았겠지만, 지금 그의 몸 상태는 스켈레톤의 공격 하나에도 쓰러질 수밖에 없을 정도로 허약해져 있었던 것이다.

"클클, 어리석은 녀석들. 처음부터 샬리언 님의 제안을 수용했더라면 고통받는 일은 없었을 텐데 말이지."

흑마법사의 손에서 회갈색의 연기가 서서히 뿜어져 나왔다.

그것은 쓰러진 남자의 몸을 서서히 감싸더니, 그 아래로 스며들기 시작했다.

그리고 그 자리에는 커다란 마법진이 그려졌다.

-어둠의 근원으로……!

우우웅-!

뇌옥 가득히 울려 퍼지는 커다란 공명음.

잠시 후 뇌옥에 있던 남자는 흔적도 없이 사라졌고, 흑마법사는 흡족한 표정이 되어 천천히 걸음을 돌렸다.

옥에서 걸어 나온 그는, 텅텅 비어 있는 다른 뇌옥들을 응시하며 히죽 웃었다.

"이제 얼마 남지 않았군. 모든 의식이 마무리되고 나면, 샬리언 님께 가야겠어."

그런데 그때, 중얼거리는 그의 옆에 회색빛의 연기가 불쑥 솟아나며 어두운 그림자가 등장했다.

허공에 둥둥 떠 있는, 마치 유령 같은 모습의 그림자.

그가 다급한 목소리로 입을 열었다.

"켈스 님, 침입자들입니다!"

그에 '켈스'라 불린 흑마법사는 인상을 찌푸리며 유령에게 되물었다.

"침입자라니. 여기까지 내려올 수 있는 존재는 많지 않을 텐데…… 설마 죽음의 기사들이 전부 당하기라도 했다는 말이냐?"

"그, 그렇습니다!"

그 말에, 지금껏 무표정하던 켈스의 안색이 살짝 변하였다.

"……!"

그리고 다음 순간.

콰아앙—!

흑마법사 켈스가 선 반대편의 복도에서 커다란 굉음이 울리더니, 바위로 만들어진 벽체가 터져 나갔다.

"누구냐? 감히 이곳에 발을 들이다니!"

잠시 동안 뇌옥에 정적이 흘렀다.

하지만 잠시 후, 부서진 벽 너머에 일단의 무리들이 등장했다.

그리고 그들 중, 대검을 등에 멘 한 남자의 얼굴을 확인한 켈스의 표정이 급격하게 일그러졌다.

리치 킹 샬리언의 야욕

Taming Master

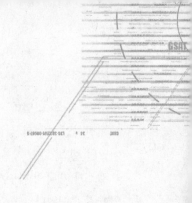

흑마법사 켈스.

그는 본래 루스펠 제국 마법병단 소속의 마법사였다.

평민 신분이었으나 뛰어난 재능을 바탕으로 노력하여, 무려 마법병단의 단장 직위까지 꿰찼던 입지전적 인물.

하지만 뛰어난 마법 실력에도 불구하고, 그가 오를 수 있는 위치는 단장 자리가 한계였다.

그 위 단계인 군단장이 되거나 황실 마탑에 소속되기 위해서는, 신분의 벽을 넘어야 하기 때문이었다.

남작이나 자작과 같은 하위 귀족들도 받아 주지 않는 권위적인 집단인 황실 마탑.

태생이 평민의 신분인 켈스가 그 높다란 신분의 벽을 넘어설 수 있을 리 없었다.

실질적인 재능과 실력만은 어지간한 황실마법사들보다 뛰어났던 켈스.

켈스가 제국의 마법사들에게 반감을 느낀 것은, 어쩌면 당연한 수순이었다.

그래서 켈스는 흑마법을 선택했고, 단 한 번도 후회한 적이 없었다.

'샬리언 님이 아니었더라면, 결코 이만큼 강해질 수 없었을 테지.'

리치 킹 샬리언에게 충성을 맹세하고, 영혼의 서약을 받은 뒤 얻게 된 흑마법의 힘이었다.

덕분에 지금 켈스는, 과거 루스펠 제국 황실의 마탑주였던 타무르와 비교해도 크게 부족하지 않은 힘을 가지고 있었다.

그리고 440레벨이라는 어마어마한 레벨 수치가 그의 강함을 증명하고 있었다.

하지만…….

"카이자르? 네 녀석이 어째서 이곳에……!"

그럼에도 불구하고 켈스는 카이자르를 발견하자마자 등줄기를 타고 식은땀이 흐르는 것을 느껴야만 했다.

과거 켈스가 제국의 마법병단에 있던 시절, 카이자르는 제국군에게 있어서 거의 전신戰神과 같은 존재였으니까.

샬리언에게 거대한 힘을 얻기 전에는, 감히 얼굴도 제대로 마주할 수 없었던 대장군이 바로 카이자르였던 것이다.

스르릉-!

등에 메고 있던 거대한 대검을 뽑아 든 카이자르가, 무덤 덤한 목소리로 입을 열었다.

"놈, 나를 알고 있군."

카이자르의 묵직한 음성이 뇌옥에 낮게 깔렸다.

당연한 얘기겠지만, 카이자르는 켈스를 알지 못했다.

당시 켈스는 수많은 마법병단 중 하나를 이끌던 일개 단장에 불과했고, 카이자르는 수십만의 군대를 통솔하던 대장군이었으니까.

카이자르와 눈이 마주친 켈스는, 놀란 가슴을 다스렸다.

'그래. 카이자르가 아무리 강하다 한들 샬리언 님의 권능을 이어받은 나보다 강할 순 없을 터!'

켈스의 위축되었던 자신감이 다시 살아났다.

과거의 카이자르가 강력하기는 했지만, 지금의 자신에 비하면 조족지혈일 게 분명하다고 판단했다.

그리고 생각이 거기에 미치자 켈스의 욕망이 끓어오르기 시작했다.

'이건 오히려 기회다. 카이자르의 영혼을 속박하여 죽음의 기사로 만들어 낸다면, 어쩌면 신화 등급의 죽음의 기사가 탄생할 수도 있겠어!'

쿠우우웅-!

켈스가 양손을 허공으로 뻗으며 비릿하게 웃었다.

"어떻게 이곳을 찾아왔는지는 모르겠지만……."

켈스의 양손에서 강렬한 어둠의 힘이 뿜어져 나오기 시작했다.

그리고 마치 지진이라도 난 듯 뇌옥 전체가 커다랗게 진동했다.

"이곳이 네놈들의 무덤이 될 것이다!"

고오오-!

뇌옥 전체를 휘감는 거대한 어둠의 회오리.

그리고 뇌옥의 곳곳에서 까만 연기가 피어오르며 언데드들이 소환되었다.

"켈켈, 먹음직스러운 사냥감이군."

"그어어어-!"

하급 언데드인 스켈레톤과 구울부터 시작해서, 최상급의 힘을 가진 데스 나이트들까지.

한눈에 봐도 강력해 보이는 적들을 응시하며, 이안이 창대를 고쳐 쥐었다.

'여차하면 방패도 들어야 하겠어. 딜이 좀 줄어들겠지만, 어쩔 수 없지.'

이안을 비롯해 일행 모두가, 긴장한 표정으로 언데드들을 응시했다.

그런데 그때, 그들의 시야에 각각 퀘스트 창이 떠올랐다.

띠링-!

이안은 눈앞에 떠오른 퀘스트 창을 빠르게 읽어 내려갔다.

기존의 연계 퀘스트를 클리어하면서, 덤으로 클리어할 수
있는 퀘스트가 주어진 것이니 나쁠 것이 없었다.

'좋아, 저 허약하게 생긴 흑마법사만 죽이면 된다 이거지?'

피골이 상접하여 거의 해골과 다름없는 외견을 가진 흑마
법사 켈스.

물론 440이라는 무지막지한 레벨은 얕볼 수 있는 성질의
것이 아니었으나, 이안은 자신만만했다.

던전의 마지막 보스를 위해 남겨 둔 비장의 한 수가 있었기 때문이었다.

"주인아, 이번에는 아낄 필요 없는 거냐?"

그것은 바로, 이안의 옆에서 포롱포롱거리며 둥둥 떠 있는 카카의 고유 능력.

'꿈꾸는 악마'를 아껴 둔 이상, 440레벨이라고 한들 흑마법사는 무서울 게 없었다.

"오케이, 내가 신호 주면 쓰면 돼."

"알겠다, 주인아."

이안은 파티원들에게 오더를 내리기 시작했고, 그에 따라 일행은 신속하게 포지션을 잡아 갔다.

그런데 단 한 사람, 훈이는 움직이지 않고 있었다.

이안이 의아한 표정으로 훈이에게 소리쳤다.

"훈이, 뭐해? 빨리 움직이지 않고."

이안의 외침에 정신을 차린 훈이가, 빠르게 대답하며 허둥지둥 움직였다.

"아, 잠시 멍 때렸네. 미안해, 형."

어쩐 일인지 훈이의 눈동자가 가늘게 떨리고 있었다.

'아, 신이시여. 제게 왜 이런 시련을……!'

훈이는 눈앞에 떠 있는 퀘스트 창을 보며, 입술을 잘근 잘근 깨물었다.

입술을 깨무는 것은, 고민이 있을 때 나오는 훈이의 버릇이었다.

'이 시점에 왜 히든클래스 퀘스트가 뜨는 거야.'

훈이의 눈앞에 아직까지 떠 있는 퀘스트 창.

그것은 다른 파티원들의 그것과 조금 다른 내용을 담고 있었다.

샬리언의 권능 계승 (히든 클래스 전용)

흑마법사 켈스는, 리치 킹 샬리언의 하수인이다.

그리고 리치 킹 샬리언은, 과거 임모탈의 첫 번째 제자였던 인물이다.

하지만 임모탈과 추구하는 방법이 달랐던 샬리언은, 자신의 어둠 마력을 빠르게 키우기 위해 살아 있는 영혼을 빼앗고 타락시키는 짓을 서슴지 않았다.

덕분에 샬리언은 빠르게 강해졌지만, 결국 스승인 임모탈에 의해 사령의 탑에서 추방당하고 만다.

추방당한 샬리언은 임모탈을 증오하게 되었고, 자신만의 방법으로 흑마법을 계속해서 발전시켰다.

그리고 훗날, 리치 킹이 되어 영생을 누리게 된 샬리언은, 자신만의 흑마법을 창조하기에 이르렀다.

리치 킹 샬리언은, 하수인인 켈스에게 자신이 가진 모든 흑마법의 정수를 가르치지 않았다.

하지만 임모탈의 후예인 당신이라면, 그의 흑마법을 오롯이 전수받을 수 있을 것이다.

그리고 그러기 위해선 이 지하 뇌옥을 침입자들로부터 지켜 내고 켈스와 함께 살리언을 찾아가야만 한다.

켈스를 도와 침입자들을 모조리 처단하고, 살리언의 신임을 얻도록 하자.

퀘스트 난이도 : SS

퀘스트 조건 : 뇌옥 지하 4층 입장

흑마법사 켈스 발견

임모탈의 후예

'지하 뇌옥 탐사 Ⅰ' 퀘스트를 진행 중이던 흑마법사 유저

제한 시간 : 없음

보상 : 리치 킹 살리언과의 친밀도 30 상승

히든 클래스, '리치 메이지' 전직 퀘스트 부여

신화 등급 무기 상자

명성 15만

무려 '히든 클래스 전용' 퀘스트.

히든 클래스 전용 퀘스트는 받아 본 사람이 극히 드물 정도로 희귀했다.

그럴 수밖에 없는 것이, 발동 확률이 낮은 데다 히든 클래스를 가지고 있는 유저만이 발동시킬 수 있기 때문이었다.

그리고 발동시키기 어려운 만큼 그 보상 또한 엄청나다고 알려져 있었는데, 지금 훈이의 눈앞에 떠 있는 퀘스트 창만 보더라도 알 수 있는 사실이었다.

'후우, 신화 등급 무기 상자에 히든 클래스 티어 상승 기회라니!'

신화 등급 무기 상자만 해도 어마어마한 가치를 지니는 것이지만, 그보다 더 끌리는 것은 '리치 메이지' 전직 퀘스트

였다.

이 퀘스트가 만약 히든 클래스 전용 퀘스트가 아니었더라면, 티어 상승의 기회라고 단언할 수 없었다.

리치 메이지가 현재 훈이의 직업보다 더 상위 티어 히든 클래스라는 보장이 없는 것이기 때문이었다.

하지만 이 퀘스트는 히든 클래스 전용 퀘스트였고, 현재 훈이가 가진 클래스에서만 발동시킬 수 있는 퀘스트인 것이다.

그렇다면 당연히, 더 상위 티어로의 전직 퀘스트일 수밖에 없었다.

훈이의 머리가 팽팽 돌아가기 시작했다.

'내가 켈스를 도우면 과연 이길 수 있을까?'

훈이의 시선이 이안과 켈스를 한 번씩 번갈아 응시했다.

켈스는 무척이나 기세등등한 모습이었지만, 훈이는 그에게 희망이 없다는 사실을 잘 알고 있었다.

적어도 카카가 존재하는 한, 흑마법사 클래스로는 이안을 이기는 것이 불가능할 것이다.

훈이 자신이 파티원들의 뒤통수를 친다고 하더라도 승리를 완벽히 장담할 수 없는 수준이었다.

게다가 이 퀘스트에 성공한다고 해도, 그건 그것대로 문제였다.

애초에 배신 행위 자체가 내키지 않을 뿐더러, 쟁쟁한 랭커들의 뒤통수를 치고 나면 앞으로 카일란 라이프가 무척이나 고달파질 수 있었다.

이안과 레미르, 유신까지.

특히 이안은 많이 무서웠다.

사냥할 때의 집요함으로 미루어 보아선, 무슨 일을 당할지 알 수 없었다.

모르긴 몰라도 무척이나 끔찍하리라.

생각이 전부 다 정리되자, 훈이의 입에서 체념의 한숨이 새어 나왔다.

"후유."

하지만 미련이 다 사라진 것은 아니었다.

'이안 형한테 자초지종을 설명하고, 죽어 달라고 한번 부탁해 볼까?'

자신이 생각해 놓고도 말이 되지 않는다는 것을 깨달은 훈이는, 고개를 절레절레 저었다.

여기 있는 랭커들의 데스 패널티와 퀘스트 실패로 인한 손해는, 가치로 환산하기 힘들 정도이기 때문이었다.

그런데 훈이가 끊임없이 갈등을 하던 그때였다.

쿠오오오-!

켈스의 양손에서 거대한 어둠의 기운이 뿜어져 나오더니 거대한 마법진이 생성되었다.

그리고…….

"리치 킹 샬리언 님의 영광을 위하여!"

웅웅거리는 켈스의 음성이 울려 퍼지더니, 마법진 위로 수많은 그림자들이 생성되었다.

검정색 로브를 뒤집어 쓴 십수 명의 흑마법사들.

이어서 이안 일행의 시야에, 생각지 못했던 시스템 메시지가 줄줄이 떠올랐다.

띠링-!

-첫 번째 숨겨진 에피소드가 오픈됩니다.

-'리치 킹 샬리언'의 야욕이 드러났습니다.

-대륙의 영웅, '뮤란'의 안배가 발동합니다.

그리고 그 메시지들은, 일반적인 시스템 메시지가 아닌 월드 메시지였다.

카일란을 플레이 중이던, 모든 유저들의 움직임이 일시에 멈췄다.

그리고 그들의 시야에 시스템 메시지가 떠올랐다.

띠링-!

-첫 번째 숨겨진 에피소드가 오픈됩니다.

-'리치 킹 샬리언'의 야욕이 드러났습니다.

-대륙의 영웅, '뮤란'의 안배가 발동합니다.

-대륙 곳곳에, 리치 킹 샬리언의 언데드 군단이 창궐하기 시작합니다.

－모든 흑마법사 전직소에, 히든 퀘스트가 생성됩니다. (레벨 제한 : 300)

－지금부터 에피소드 인트로 영상이 시작됩니다.

사냥터에서 열심히 사냥 중이던 유저들은, 난데없는 시스템 메시지에 당황했다.

하지만 시간이 아예 멈춰 버린 것인지 몸이 움직이지 않았고, 목소리조차 나오지 않았다.

다행인 것은, 유저들뿐 아니라 모든 NPC들과 몬스터들의 시간도 함께 멈춰 버렸다는 점이었다.

그리고 조금씩, 유저들의 시야가 어두워지기 시작했다.

－시나리오 시청 모드입니다.

－채팅 서버 2,798에 접속하였습니다.

－영상이 끝날 때까지 시나리오 시청 모드가 유지되며, 강제로 접속을 종료할 시 이벤트가 끝날 때까지 게임에 접속하실 수 없습니다.

카일란이 오픈한 뒤 단 한 번도 나타난 적 없었던 새로운 형식의 이벤트가 시작되었다.

그에 처음에는 모든 유저들이 당황했지만, 적응하는 데까지는 그리 오랜 시간이 걸리지 않았다.

카일란 공식 커뮤니티에 있는 것과 다를 것 없는, 무척이나 익숙한 인터페이스였기 때문이었다.

－오오, 카일란 개발 팀에는 외계인이라도 있는 건가? 어떻게 매번 새로운 시스템이 생기는 거지?

-크으, 이런 건 또 신선하네요. 진짜 준외계인급 프로그래머들이 개발하는 듯.

　-그리고 그 외계인들은 퇴근도 못 하고 사무실에서 쉴 새 없이 갈리고 있겠죠. ㅠㅠ

　-그나저나 이거 무슨 스토리인 거죠? 대충 보니까 감옥 같은데.

　-뭐, 보다 보면 알게 되지 않을까요?

　유저들이 적응하고 나자 채팅 창은 시끌벅적해지기 시작했고, 뇌옥 전체를 보여주고 있던 영상은 움직여 진영 가운데 마주 선 두 사람을 커다랗게 확대했다.

　거대한 묵빛 대검을 빼어 든 백발의 전사와, 칠흑같이 새까만 로브를 걸친 흑마법사의 대치.

　어둑어둑한 장내와 어우러진 이 광경은, 마치 영화의 한 장면을 보는 듯했다.

　"어디 듣도 보도 못한 흑마법사 따위가 감히 폐하의 앞을 가로막는가!"

　대검을 치켜든 채 호통을 내지르는 백발의 전사.

　카이자르의 주변으로 기의 파동이 휘몰아치기 시작했으며, 그의 망토가 펄럭이기 시작했다.

　그리고 그 모습을 본 이안은 감격했다.

　'폐하라니! 카이자르에게 폐하 소리를 듣다니!'

　즉위 이후에도 줄곧 영주 놈이라며 이안의 속을 긁던 카이자르였다.

이제 영주가 아니라며 핀잔을 줘 봐야 '주인 놈'이라는 호칭을 사용하던 카이자르가, 드디어 폐하라는 호칭을 입에 올린 것이다.

물론 퀘스트를 진행하는 동안에만 적용되는 일시적인 호칭인 것 같기는 했지만, 그것만으로도 이안은 무척이나 기분이 좋았다.

"후후, 카이자르, 그대가 아무리 대단하다 하여도, 오늘 이곳에서 살아 나갈 수 없을 것이다."

흑마법사 켈스의 음성이 음산하게 울려 퍼졌다.

그리고 그와 동시에, 이안 일행과 흑마법사들의 진영이 점점 가까워지기 시작했다.

LB사의 기획 팀과 모니터링 팀.

그리고 개발 팀은 무척이나 분주해졌다.

이번에 처음 선보이는 시스템이 발동되었기 때문에, 어떤 문제가 생기면 실시간으로 대응할 수 있도록 모든 촉각을 곤두세워야 하기 때문이었다.

그리고 지금 이 순간, 가장 긴장한 부서는 바로 기획부였다.

하필 숨겨진 에피소드를 발견한 유저들이 최상위 클래스

의 랭커들이었기 때문이었다.

그리고 그들 중에는, 기획 팀의 유명한 골칫덩이 이안도 어김없이 포함되어 있었다.

쾅—!

거칠게 문을 열어젖힌 김의환 팀장이, 허겁지겁 모니터링실 안으로 들어왔다.

그리고 안에서 열심히 모니터링 중이던 나지찬을 향해 입을 열었다.

"야, 지찬아, 이거 왜 이렇게 된 거야? 아까 오전에만 해도 에피소드 발견한 유저는 레미르 혼자였잖아."

쉴 새 없이 속사포처럼 말을 쏟아내는 김의환을 보며, 나지찬이 작게 한숨을 내쉬었다.

"휘유, 그러게요. 저도 일 좀 하다가 모니터링실 와 보니, 이안에 유신. 훈이까지 몰려와 있더라구요."

"하아, 설마 쟤들이 켈스 죽여 버리는 건 아니겠지?"

"글쎄요. 이안갓만 없어도 큰 문제는 없었을 텐데, 하필 흑마법사 천적인 이안이 저기 끼어 있어서……."

"으으."

숨겨진 에피소드인 '리치 킹 샬리언의 야욕'.

이 에피소드가 발동되면서 시작되는 전투인 '뇌옥의 전투'는, 사실 어느 쪽이 이기든 시나리오 진행상 상관이 없었다.

하지만 전투가 너무 압도적인 양상으로 흘러가서는 안

된다.

흑마법사인 '켈스'가 여기서 죽어서는 안 되기 때문이었다.

그가 이 전투에서 살아서 도망가야 샬리언에게 보고를 올리면서 본격적으로 에피소드가 시작되는 것.

김의환의 얼굴이 울상이 되었다.

"나 대리, 빨리 방법 좀 찾아봐. 나 지금 똥줄 타서 미치겠어."

김의환은 커다란 스크린을 응시하며 뭐 마려운 강아지처럼 쉴 새 없이 움직였다.

스크린에서는 이제 본격적으로 전투가 시작되려고 하고 있었는데, 김의환이 보기에도 이안 일행의 전력이 너무 막강해 보인 탓이다.

만약 켈스가 죽기라도 한다면, 미리 기획해 두었던 이후 스토리를 전면 수정해야 할지도 모를 일이었다.

그런데 그때, 자리에서 슬쩍 일어난 나지찬이 의미심장한 목소리로 입을 열었다.

"팀장님."

"응?"

"방법이 하나 있습니다."

"……!"

방법이 있다는 나지찬의 말에, 귀가 솔깃해진 김의환이 후다닥 그의 앞으로 가 의자에 앉았다.

그가 아는 나지찬은, 평소에 좀 변태 같은 구석이 있기는 해도 실없는 소리는 좀처럼 하지 않는 스타일이었다.

"그게 뭔데! 지금 전투 시작까지 1분도 채 안 남았다고. 빨리 얘기해 봐, 빨리!"

주머니에서 스마트폰을 꺼내 든 나지찬이, 의미심장한 미소를 지으며 입을 열었다.

"이럴 줄 알고, 제가 미리 대책을 하나 세워 뒀었습니다."

"으음?"

이어서 나지찬의 한쪽 손가락이 스크린을 가리켰다.

그리고 그가 가리킨 위치에는, 멍한 표정으로 전투를 준비 중인 훈이가 서 있었다.

"저 녀석을 좀 이용해 보도록 하죠."

'뭐지? 이게 갑자기 어떻게 된 일이지?'

이안의 오더에 따라 흑마법을 캐스팅하던 훈이는 갑자기 떠오른 시스템 메시지에 무척이나 당황했다.

-시나리오 진행에 따라, '살리언의 권능 계승' 퀘스트가 수락되었습니다.

-퀘스트 진행을 위해 AI가 발동됩니다.

훈이는 분명 퀘스트를 수락한 적이 없었다.

'분명 퀘스트 창을 그대로 꺼 버렸는데!'

한데 시스템 메시지가 떠오르더니, 강제로 샬리언의 권능 계승 퀘스트가 시작된 것이었다.

게다가 심지어, 캐릭터의 통제권마저 잃어버리고 말았다.

'뭐, 뭐야, 이거 왜 이래?'

훈이는 자신의 캐릭터가 전투하는 것을 관조하기 시작했다.

그리고 불안감에 심장이 콩닥거려 왔다.

오해로 인해 이안에게 찍혔다가는 뼈도 못 추릴 게 분명했기 때문이었다.

'AI가 설마 이안 형을 공격하거나 하진 않겠지? 제발 얌전히 켈스인지 뭔지 저놈이나 공격하라고!'

하지만 한편으로는 다른 생각도 스멀스멀 들기 시작했다.

캐릭터 AI발동은, 그야말로 유저로서는 어쩔 수 없는 불가항력이었다.

만약 자신의 AI가 활약해서 샬리언의 권능 계승 퀘스트를 클리어하기라도 하면, 그게 진정한 베스트 시나리오일 수도 있었다.

배신하지도 않고 실리는 챙길 수 있는 그야말로 완벽한 상황이 아니던가.

훈이는 마음속으로 빌었 다.

'제발……. 퀘스트 진행할 거면 무조건 이겨라! 괜히 나대다가 죽지나 말고.'

신화 등급의 무기 상자와, 상위 티어 히든 클래스일 게 분명한 리치 메이지가 눈에 아른거리기 시작한 훈이였다.

　정면으로 맞부딪친다면 훈이가 합세해도 결과에 큰 차이가 없었을 수 있지만, 지금의 훈이는 생각지도 못한 변수로 작용할 수 있는 위치에 있었다.

　훈이에게 히든 퀘스트가 발동한 것을 이용하여 이안 일행의 전력을 약화시키려는 기획 팀의 전략은, 정말 괜찮은 한 수였던 것이다.

　훈이로서는 희망을 가질 만하며, 기획 팀으로서는 안도할 수 있을 만한 상황이었다.

　그런데 훈이도, LB사의 기획 팀도, 생각지 못했던 변수가 하나 더 있었다.

　쾅- 콰쾅-!

　"유신, 앞에서 어그로 좀 끌어 줘! 곧 뿍뿍이 힐로 지원할 게!"

　"오케이!"

　전체 면적 자체는 무척이나 넓지만, 중간중간 들어서 있는 옥사獄舍들로 인해 복잡하고 좁은 구조를 가진 지하 뇌옥의 최하층.

뇌옥의 골목골목에서, 흑마법사들과 이안 일행의 전투가 시작되고 있었다.

"누나, 후방으로 가서 보조 마법 위주로 지원 좀!"

"공격 마법은?"

"어차피 딜은 안 부족해. 그리고 맵 구조상 광역기 효율이 너무 떨어져!"

"알겠어!"

"훈이 너는 언데드로 좌측 통로 좀 틀어막고!"

전투가 시작되자마자 전장의 선두에 선 이안은 쉴 새 없이 오더를 내리며, 여느 때처럼 전장을 통솔하기 시작했다.

그런데 어쩐 일인지, 그는 게슴츠레한 눈으로 훈이를 계속 응시하고 있었다.

'오호, 이것 봐라?'

이안의 오더를 따르고는 있으나, 훈이의 움직임은 어딘지 모르게 어정쩡했다.

훈이와 하루 이틀 손발을 맞춰 본 것이 아닌 이안으로서는, 사소한 컨트롤의 차이도 대번에 눈에 거슬릴 수밖에 없었다.

하지만 결정적으로, 이안이 훈이의 움직임을 주시하게 된 이유는 따로 있었다.

그것은 바로 이안의 시야 한쪽 구석에서 천천히 깜빡이고 있는 작은 메시지 창.

-공유받을 수 있는 퀘스트가 있습니다.

바로 훈이로부터 공유받은 퀘스트 창이었던 것이다.

카이자르가 파기하지 않은 탓에, 훈이와 이안의 주종관계
는 아직까지 이어져 내려오고 있던 것이다.

이안이 벌써 몇 달째 훈이의 퀘스트를 공유받은 적이 없었
기 때문에, 훈이조차 생각지 못하고 있었던 변수였다.

그리고 훈이가 생각지 못한 부분을, 나지찬이 생각해 낼
수 있었을 리는 없었다.

아무리 준스토커급의 이안 광팬이라고 하더라도 말이다.

'훈이 이 녀석이 설마 뒤통수를 치려나?'

훈이에게 생성된 퀘스트를 대략적으로 읽은 이안은, 만약
자신이었다고 하더라도 충분히 갈등될 만한 상황이라고 생
각하고 있었다.

그래서 처음부터 훈이의 움직임을 눈여겨보고 있었는데,
역시나 뭔가 이상했던 것이다.

'저 녀석이 갈등하느라 컨트롤이 둔해진 건가?'

하지만 시간이 지날수록, 조금 이상한 느낌이 들었다.

오더를 내려도 대답을 아무 대답을 않고, 움직이기만 하는
것이다.

게다가 오더를 정확히 수행하지도 못하고 있었다.

뭔가 무척이나 부자연스러운 움직임이랄까?

이안이 자신의 바로 앞에서 스켈레톤 워리어를 상대하고
있던 라이를 조심스레 불렀다.

"라이, 이리와 봐."

―불렀는가, 주인.

"지금부터 훈이 근처로 가서 그를 엄호해 주도록 해."

―그러도록 하겠다, 주인.

"그리고……."

이제 전투가 좀 더 무르익으면, 카카의 광역 디버프를 발동시킬 것이고 전장에 짙은 어둠이 깔릴 것이다.

그리고 라이는 어둠 속에서 더 강력한 힘을 발휘하는 소환수다.

게다가 이안의 소환수들 중 최상위권의 민첩성을 가지고 있었으니, 수상한 훈이를 견제하기에 가장 적합한 녀석이었다.

잠시 뜸을 들인 이안이 한마디를 덧붙였다.

그것은 무척이나 낮고 은밀한 목소리였다.

"내가 신호하면 곧바로 훈이를 죽여."

홀로 모니터링 실에 남은 나지찬은, 화면을 응시하며 식은땀을 흘리고 있었다.

'뭐야, 설마 알아차린 건가?'

이안과 짧게 대화를 나누더니, 은근슬쩍 훈이의 주변으로 움직이는 라이였다.

그것을 발견한 나지찬은, 온몸에 소름이 돋는 것을 느꼈다.

얼핏 보면 별것 아닌, 그저 파티원을 돕기 위한 파티플레이로 보일 수도 있겠지만, 나지찬은 본능적으로 뭔가를 느낀 것이다.

"아무리 이안이라도 이건……!"

카일란의 AI 기술력은 상상을 초월한다.

특히 유저 AI의 경우 평소 유저의 플레이 스타일과 패턴을 빅 데이터로 모아 반영하기 때문에, 그 정교함은 유저 본인이 아니고서는 파악하기 힘들 정도로 뛰어나다.

물론 의심을 갖고 자세히 본다면 어색함을 느낄 수밖에 없겠지만, 지금 화면 속의 상황은 그야말로 난장판이었다.

아무리 이안이라고 하더라도, 저런 난전 속에서 훈이의 변화를 알아차렸다는 것은 믿을 수가 없었다.

"지, 진짜 미쳤다."

나지찬은 자신도 모르게 탄성을 내질렀다.

그리고 머리카락 한 올 한 올이 쭈뼛쭈뼛 곤두서는 느낌이었다.

이안의 게임 감각에 두려움이 일 정도.

사실 이안에게 퀘스트가 공유됐다는 것을 모르는 이상, 이것은 당연한 반응인지도 몰랐다.

물론 공유된 퀘스트를 발견한 것만으로 이 모든 상황을 유추해 낸 것도, 충분히 대단한 것이기는 하지만 말이다.

나지찬이 자신의 태블릿을 다급히 꺼내 들며 기획서를 열어 페이지를 넘기기 시작했다.

"설마설마했는데, 플랜B까지 써야 될 줄이야……."

화면을 다시 응시하던 나지찬은, 이안이 알아차렸다는 것을 다시 한 번 확신할 수 있었다.

정말 혹시나 해서 세워 두었던 계획을 실행해야 할 때인 것이다.

자리에 벌떡 일어난 그가 황급히 모니터링 실을 벗어났다.

조금이라도 빨리 기획실로 돌아가야 했다.

"안 그래도 훈이에게 좀 미안했는데……. 기왕 이렇게 된 것, 선물을 하나 줘야겠어."

기획실로 향하는 나지찬의 걸음이 점점 빨라지고 있었다.

그리고 어느새 그의 입가에는 미소가 얹혀 있었다.

항상 자신의 예상을 뛰어넘는 이안의 존재는, 그에게 있어서 큰 즐거움이라고 할 수 있었다.

카일란에 존재하는 거의 모든 스킬들은 논 타깃팅Non Targeting 방식을 가지고 있다.

논 타깃팅 방식이란, 특별하게 타깃을 정하지 않고 캐릭터가 바라보는 방향으로 스킬을 발동시키면, 해당 방향의 스킬 발동 범위 안에 있는 적들이 피해를 입는 공격 방식을 말한다.

그렇다면 그 범위 내에 아군이 존재한다면 어떻게 될까?

예외가 되는 PK존 같은 지역이 있기는 하지만, 대부분의 경우 아군은 범위 안에 들어간다 한들 대미지를 입지 않는다.

쉽게 말해 '실수로 하는 팀킬'은 절대로 불가능하다는 의미이다.

대규모 전쟁을 가정한다면, 같은 진영 소속의 모든 유저들은 아군으로 인식되기 때문에 같은 편의 범위 공격에 피해를 입지 않는 것이다.

그럼 '팀킬'을 하기 위해서 가장 처음 해야만 할 일은 뭘까?

그것은 바로 PVP 모드 활성화.

PVP 모드가 활성화되면 피아에 관계없이 유저를 공격할 수 있게 되고, 자신 또한 모든 유저들의 공격에 노출되게 된다.

하지만 PVP 모드를 활성화한다고 해서 시스템 메시지로 알려 준다거나 어떤 큰 변화가 생기는 것은 아니었다.

단지 머리 위에 떠 있는 유저 이름 옆에, 작고 붉은 해골 모양이 깜빡거릴 뿐이었다.

그렇기에 이안은, 전투를 계속하면서도 훈이에게서 눈을 떼지 않았다.

만약 훈이의 이름 옆에 붉은 해골이 깜빡이기 시작한다면, 그 순간이 바로 훈이가 사망하는 순간이 될 것이다.

한편 이안이 눈치싸움을 벌이고 있는 것과는 별개로, 전투는 점점 더 치열해져만 갔다.

"유신 님, 실드 얼마 안 남았어요! 살짝 뒤로!"

"괜찮습니다. 아직 여유 있어요!"

쾅- 쾨쾅-!

뇌옥은 전체적으로 보면 제법 복잡한 구조를 가지고 있다.

하지만 결국 중앙으로 모이면 세 개의 좁다란 통로밖에 남지 않게 되는데, 그 세 개의 통로를 각각 훈이와 이안, 유신이 맡아서 막아 내고 있었다.

그리고 레미르는, 세 개의 통로가 동시에 보일 정도로 조금 더 뒤쪽으로 떨어져서 세 사람을 서포팅하고 있었다.

레미르의 주 무기인 광역 마법의 효율이 크게 떨어지는 구조였기 때문에, 이런 그림이 나오게 된 것이다.

레미르가 답답한지 이안에게 물었다.

"이안아, 그냥 뒤쪽으로 빠져서 넓은 데서 싸우는 게 좋지 않을까?"

하지만 이안은 고개를 저으며 대답했다.

"아냐. 그러기엔 적들 숫자가 너무 많아."

물론 또 다른 이유도 하나 있었다.

'넓은 맵으로 가면 훈이를 견제하기도 힘들어지고 말이지.'

뒷말을 삼킨 이안은 날카로운 시선으로 라이와 훈이를 다시 한 번 번갈아 보았다.

아직 확실한 것은 아무것도 없었기에 조심스러워야만 했다.

레미르도 조금 아쉬워 보이기는 했지만 어쨌든 수긍한 채 서포팅에 다시 집중했다.

그런데 그때, 전방에서 커다란 흑마법 주문이 울려 퍼졌다.

"라— 포라디움!"

쿠우우웅—!

뇌옥 여기저기에 박혀 있는 굵직한 쇠창살들이 마치 사시 나무 떨듯 진동하기 시작했다.

이어서 뇌옥 바닥 여기저기에 보랏빛의 마법진들이 생성 되었다.

이안의 눈이 살짝 커졌다.

'뭐지? 소환마법? 완전히 처음 보는 마법인데.'

이안은 소환술사이기는 하나, 다른 클래스 유저들의 스킬 들에 대해서도 무척이나 빠삭한 편이었다.

아무리 컨트롤이 좋고 뛰어난 피지컬을 가지고 있다 한들, 상대가 사용할 수 있는 스킬풀에 대해서 모르는 상태로는, PVP에서 이길 수가 없기 때문이다.

또, 파티플레이로 던전이나 보스급 몬스터를 공략할 때에 도, 타 클래스의 스킬을 모른다면 제대로 된 실력을 발휘할 수 없었다.

한데 지금 켈스라는 저 흑마법사 NPC는, 이안이 완벽히 모르는 스킬을 구사하려 하고 있었다.

이안은 갈등하기 시작했다.

'으, 좀 더 참아 봐야 하나?'

여기저기에 생긴 마법진 위로 스멀스멀 피어오르기 시작하는 뿌연 회백색의 연기.

그리고 어둠 속성의 스킬일 것이 분명한, 저 정체를 알 수 없는 흑마법.

그에 대비하기 위해선, 당연히 카카의 고유 능력인 꿈꾸는 악마를 발동시키는 것이 옳았다.

하지만 이안이 참고 있는 이유는 하나였다.

'훈이를 잡기 전까지는 참아야 하는데!'

훈이가 배신할지도 모르는 이 상황에서, 미리 꿈꾸는 악마를 발동시켰다가는 훈이의 언데드들에게 버프를 주는 꼴이 되어 버리기 때문이었다.

반대로 훈이가 PVP 모드를 활성화시킨 후 발동시킨다면, 오히려 훈이의 언데드들은 꿈꾸는 악마로 인해 디버프를 먹게 될 것이었다.

이것은 충분히 전세에 영향을 끼칠 수 있을만한 커다란 차이었다.

그런데 그때…….

"……!"

이안의 시야에 기다렸던 이펙트가 눈에 들어왔다.

공격마법을 캐스팅하던 훈이의 이름 옆에, 붉은 해골이 떠오른 것이었다.

'옳거니!'

지금까지 이 상황만을 기다리고 있던 이안은, 조금도 지체하지 않았다.

훈이를 선공해서 죽인다면 악명 페널티를 쌓게 되겠지만, 명성이 넘쳐났기 때문에 별로 무서울 것도 없었다.

이안은 동시다발적으로 오더를 내리기 시작했다.

"라이, 카카!"

"알겠다, 주인."

이안의 명령을 이행함에 있어 비교적 단순한 사고방식을 가진 라이는 한 치의 의심 없이 훈이의 등에 발톱을 찔러 넣었고, 그것은 정확히 훈이의 공격마법이 발동되기 바로 직전이었다.

콰악-!

훈이는 무방비 상태에서 완벽한 근접 공격을 허용하고 만 것이다.

이어서 하늘 높은 곳으로 빠르게 날아오른 카카가, 두 눈을 감으며 나직한 목소리로 읊조렸다.

"어둠이 내려앉는다."

-노예 '카카'의 '꿈꾸는 악마' 고유 능력이 발동되었습니다.

-'어둠의 지배'가 지속되는 동안, 모든 파티원의 공격력이 5퍼센트만큼 상승하게 되며, 모든 어둠 속성 피해가 50퍼센트만큼 감소하게 됩니다. 또한 반경 안의 모든 은신 상태의 적이 시야에 드러나게 됩니다.

반면에 훈이의 AI는 버벅거리기 시작했다.

AI인만큼 당황하거나 하는 감정을 느끼지는 못했으나, 인공지능이 예측하지 못했던 상황이 펼쳐졌기 때문이었다.

게다가 라이의 공격에 캐스팅 중이던 스킬이 무효화되었으니, 잠시 동안 벙 찐 상태가 될 수밖에 없었다.

라이의 공격으로 인해 입은 피해도 제법 치명적인 상황.

그리고 당연한 얘기겠지만, 그 순간을 놓칠 이안이 아니었다.

"공간왜곡!"

훈이, 정확히 말하자면 훈이의 AI는, 라이에게 완벽히 등을 내어 준 상태였다.

그런 상황에서 이안과 라이의 위치가 바뀌자 훈이는 무방비 상태가 될 수밖에 없었다.

그야말로 외통수랄까.

그리고 이안의 정령왕의 심판이, 가차 없이 훈이의 허점을 파고들었다.

콰아앙-!

순간적으로 약점 포착까지 발동시킨 이안은, 한 치 어긋남 없이 치명타를 꽂아 넣었다.

-유저 '간지훈이'에게 치명적인 피해를 입혔습니다.

-'간지훈이'의 생명력이 498,079만큼 감소합니다.

콰콰쾅-!

연이어 두 차례의 공격이 훈이의 상체를 난자했다.

-'간지훈이'의 생명력이 343,888만큼 감소합니다.

-'간지훈이'의 생명력이 560,162만큼 감소합니다.

현존 최강이라 해도 손색없는 양손무기에 제대로 된 타격을 세 방이나 허용한 훈이.

기사 클래스가 아닌 이상 버텨 낼 수 없는 대미지가 순식간에 터져 나왔고, 훈이의 몸은 그대로 주저앉아 버렸다.

모든 클래스 중 생명력과 방어력이 가장 약한 흑마법사 클래스가 이런 무지막지한 피해를 견뎌 낼 수 있을 리 만무한 것이다.

털썩-!

그리고 뒤늦게 이 이해할 수 없는 상황을 인지한 레미르와 유신은, 당황한 표정이 되었다.

"이안아, 뭐 하는 거야?"

"훈이를 왜 공격했어?"

하지만 이안은 그에 제대로 된 대답을 해 줄 시간이 없었다.

"있다가 설명해 줄게! 일단 막아!"

훈이의 반란을 무사히 진압했다고 하더라도, 아직 할 일이 남아 있었기 때문이었다.

이안의 손에서, 새카만 어둠의 기운이 퍼져 나가기 시작했다.

후우웅-!

이안이 지금 사용하려는 스킬은 퓨전 스킬인 '영혼 소환술'.

사망한 지 10초가 지나지 않은 대상에게만 발동시킬 수 있는 스킬이었기 때문에, 잠시도 지체할 수 없었다.

휘이잉-!

이안의 손에서 뿜어져 나온 칠흑의 기운이 쓰러진 훈이를 감쌌다.

그리고 훈이의 온몸이 새까맣게 변하기 시작했다.

-유저 '간지훈이'에게 퓨전 스킬 '영혼 소환술'을 사용하셨습니다.

-유저 '간지훈이'의 영혼이 소환됩니다(영혼은 대상 유저의 전투 능력치의 125퍼센트만큼을 가지게 됩니다).

-간지훈이의 영혼이 '블러드러스트' 상태가 되었습니다(움직임이 60퍼센트만큼 증가합니다).

-이제부터 '간지훈이' 유저의 모든 스킬과 고유 능력을 제어할 수 있습니다.

-이제부터 '간지훈이' 유저의 모든 소환물을 제어할 수 있습니다. (가신의 경우 제어할 수 없습니다.)

그야말로 '순식간'이랄 수 있는 짧은 시간 만에 일어난 전장의 변화였다.

이안은 이 모든 오더를 채 10초도 안 되는 시간에 완벽히 해내었음에도, 한 치 흐트러짐 없이 집중력을 더욱 끌어올렸다.

이제 훈이가 했어야 할 컨트롤까지 이안의 몫이 되었으니까.

눈앞에는 어둠의 대지가 깔렸고, 이제 완벽한 판이 시작되었다.

이안은 훈이의 영혼이 언데드들을 차례대로 소환했다.

-어둠의 대지는, 언데드들의 고향과도 같은 곳입니다.

-어둠의 대지에서 일어선 언데드들은 생명력이 300퍼센트만큼 빠르게 회복합니다.

-언데드에 한해 '꿈꾸는 악마' 고유 능력의 버프 효과가 5퍼센트가 아닌 35퍼센트로 적용됩니다.

-모든 언데드들의 소환유지 마나 소모량이 절반으로 줄어듭니다.

이안의 두 눈이 켈스를 노려보았다.

훈이의 영혼을 컨트롤할 수 있는 5분이라는 시간.

'그 안에 목을 따 주도록 하지.'

전장의 흐름이 또다시 일변했다.

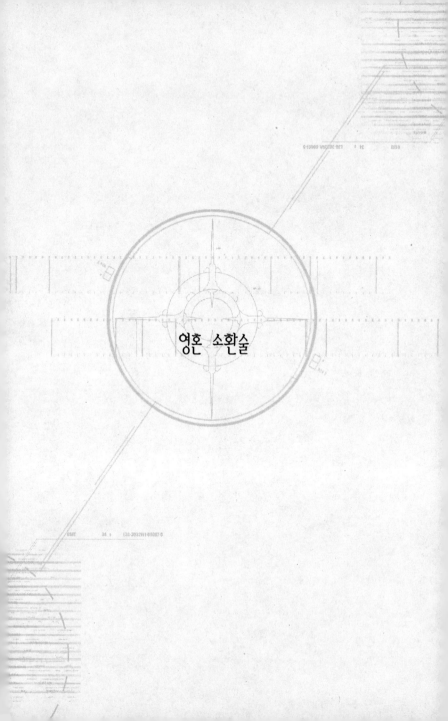

영혼 소환술

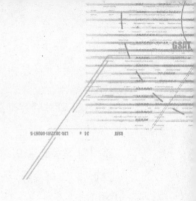

　-어, 뭐지? 훈이가 갑자기 죽었어요!

　-뭐야? 님들, 방금 이안이 훈이 PK함. 이거 무슨 일이죠? 훈이랑 이안 사이 좋은 거 아니었나요?

　이제 일반 유저들 사이에 어느 정도 인지도가 생긴 훈이.

　독특한 콘셉트 때문에, 흑마법사 유저들 사이에서는 팬도 제법 많이 생긴 훈이였다.

　그렇기에 이안의 팬이라면 훈이가 이안의 충복(?)이라는 사실은 대부분 알고 있었고, 때문에 의아할 수밖에 없었다.

　-헐, 뭐가 어떻게 돌아가는 거지? 훈이 지금 이안한테 팽당하는 건가?

―미친 안 되는데? 우리 훈이찡!

훈이의 죽음으로 인해 채팅 창이 순식간에 혼란스러워졌다.
그런데 그 와중에, 예리한 관찰력과 통찰력을 지닌 유저도
있었다.

―잠깐, 님들. 지금 이상한 거 발견했음.
―왜요? 또 뭔데요?
―방금 분명히 이안이 훈이 공격해서 죽였잖아요.
―그렇죠.
―그런데, 이안 PVP 모드 안 떠 있어요.
―어, 정말이네? 뭐지? 어떻게 된 거지?

PVP 모드는, 한 번 띄우고 나면 30분이 지나거나 다른 맵으
로 넘어가기 전까지 되돌릴 수 없게 시스템이 구성되어 있다.
악성 PK범들이나 비매너 유저들. 혹은 개념이 부족한 유
저들이, 시스템을 악용할 수 없도록 만들어 놓은 것이다.
PVP 모드로 전환한 뒤 아군을 공격하고, 재빨리 되돌려
자신은 공격받지 않는 등의 트롤링Trolling 행위를 방지하는
차원이었다.
어쨌든 그렇기 때문에, 이안이 훈이를 PK한 것이라면 이
안의 이름 옆에 붉은 해골 표시가 떠올라 있어야만 했다.

PVP 모드가 아니고서는 PK를 하는 게 불가능했을 테니까.

한데, 지금 이안은 누가 보아도 PVP 모드 상태가 아니었다.

―이게 어떻게 된 거죠? 뭐지? 버그 걸린 건가?

―노노, 조금만 더 생각해 보세요, 님들. 이안이 PVP 모드를 하지 않고도 훈이를 공격할 수 있는 방법이 한 가지 있습니다.

―음……. 그런 방법이 있나요? 뭐지?

―아, 한 가지 있네요! 훈이가 PVP 모드가 되면 되는 거죠.

―오오, 그러네? 그 쉬운 방법을 왜 생각 못 한 거지?

대단한 걸 발견이라도 했다는 듯 채팅 방은 다시 시끌벅적 해졌다.

그때, 의문을 제기했던 유저가 다시금 입을 열었다.

―그렇습니다, 바로 그거죠. 자, 이제 그럼, 이게 뭘 뜻하는 걸까요?

―음? 그러게. 훈이는 갑자기 왜 PVP모드를 했을까? 훈이가 먼저 이안 통수 치려고 한 건가?

―그러네요. 그거 아니면 답이 없는데?

―엥, 만약 그런 거면, 어떻게 훈이보다 이안이 먼저 반응한 거임?

―맞네. 이거 진짜 어떻게 된 일이지?

그리고 이어진 누군가의 말에, 오해는 깊어져만 갔다.

―이게 다 이안느님의 전략인 거죠.

―음? 이안느님의 전략이라뇨?

―훈이가 이안이랑 짜고 일부러 죽어 준 거 아닐까요?

―응? 대체 왜?

―왜긴 왜겠어요, 저 퓨전 클래스 스킬로 훈이 살려 내서 본인이 다 컨트롤해 쓸어 버리려는 거겠죠. 저게 아마 영혼 소환술이라는 스킬이었나?

―아, 맞네. 제가 커뮤니티에서 본 건데, 영혼 소환술로 되살려 낸 유저는 전투 능력 버프도 꽤 많이 받더라고요. 그렇다면 그걸 위해서……?

오해가 쌓여 엉뚱한 방향으로 상황이 전달되었고, 이 추론은 설득력을 얻어 거의 모든 채팅방에 공론으로 자리 잡기 시작했다.

―역시 이안갓!

―크으. 클래스가 다르네. 어떻게 거기서 훈이 희생시킬 생각을 한 걸까?

허술한 점이 한두 군데가 아닌 추론이었지만, 이안의 인기에 힘입은 탓인지 반론들은 금방 묻혀 버렸다.

게다가 전투는 새로운 국면을 맞이하고 있었으니, 다들 이안의 컨트롤을 감상하기 위해 영상에 집중하기 시작한 것이다.

그렇게 오늘도 이안의 인기는 높아져만 갔다.

한편 훈이는, 자신의 캐릭터가 사망하는 과정을 착잡한 마음으로 지켜보고 있었다.

'아, 저 무자비한 형. 진짜 망설임 없이 죽여 버리네, 흑흑.'

자신의 AI를 응원하던 훈이는, 일말의 희망조차 부숴 버리는 이안의 대처에 절망하고 말았다.

그런데 그와 동시에, 이 상황에 의아함을 느끼기 시작했다.

'어, 근데 왜 난 로그아웃 안 되는 거지? 캐릭터 죽었는데?'

그리고 이어서 시야에 떠오르는 시스템 메시지.

띠링-!

-캐릭터가 사망하였습니다.

-AI 통제 하에 캐릭터가 사망하였으므로, 사망 페널티가 부여되지 않습니다.

-60분 뒤 사망한 위치에서 다시 로그인하실 수 있습니다.

-60분의 시간에 대한 보상으로, 재접속 시 60분간 획득할 수 있는 모든 경험치와 재화가 두 배로 증가하게 됩니다.

-퀘스트 실패에 대한 보상으로, 퀘스트 성공 보상 중 하나가 랜덤으로 지급됩니다.

-시나리오 시청 모드로 전환됩니다.

―영상이 끝날 때까지 시나리오 시청 모드가 유지되며, 강제로 접속을 종료할 시 이벤트가 끝날 때까지 게임에 접속하실 수 없습니다.

메시지를 확인한 훈이의 두 눈이 휘둥그레졌다.

'이, 이건……!'

그리고 저도 모르게, 환호성을 지를 뻔했다.

시스템 메시지의 뒤편에서 후광이 비치는 느낌이 들 정도였다.

'역시 카일란은 갓게임이었어, 흑흑.'

퀘스트를 강제한 것에 대해 속으로 카일란 운영진을 수백 번 욕하고 있었던 훈이는, 예상치 못했던 훈훈한 보상에 속죄라도 하고 싶은 심정이었다.

경험치와 재화 보상도 충분히 감격스러운 것이었지만, 사상 최악의 난이도였던 퀘스트의 보상까지 하나 랜덤으로 주겠다니.

'앞으로 더 열심히 게임할게요, 갓카일란님, 크흑.'

그리고 재빨리 퀘스트의 보상이었던 것들을 떠올리기 시작했다.

'보상이 총 네 개 있었지? 명성이나 친밀도만 안 걸리면 진짜 대박인데!'

시스템의 개입 때문에 실패할 수밖에 없었던 퀘스트인 '샬리언의 권능 계승' 퀘스트.

퀘스트의 보상은 총 네 개였고, 그 목록은 다음과 같았다.

-리치 킹 샬리언과의 친밀도 30 상승.

-히든 클래스, '리치 메이지' 전직 퀘스트 부여.

-신화 등급 무기 상자.

-명성 15만.'

'전직퀘나 무기 상자 중 하나만 먹으면 이득이야!'

이쯤 되자 시스템의 개입이 오히려 감사한 수준이었다.

어차피 시스템이 아니었더라면, 자신은 퀘스트를 진행할 엄두조차 내지 못했을 테니까.

잠깐 사이에 천국과 지옥을 오간 훈이는 싱글벙글하며 영상을 관람하기 시작했다.

이제 이안이 자신의 캐릭터를 어떤 방식으로 컨트롤하는지 마음 편히 구경할 시간이었다.

"아니, 이 저주받은 능력이 대체 어떻게……?"

카르가 팬텀이자 이안의 노예인 카카의 고유 능력, 꿈꾸는 악마.

꿈꾸는 악마가 발동되자마자 전장에 깊게 깔린 어둠의 대지를 보며, 켈스의 동공이 크게 흔들렸다.

"이 무슨 말도 안 되는……!"

켈스는 꿈꾸는 악마 스킬을 아주 잘 알고 있었다.

정확히 말하자면, 꿈꾸는 악마가 펼쳐지며 생성된 어둠의 대지에 대해 알고 있었던 것이다.

흑마법사들에게 있어서 최고의 광역 버프 스킬이자, 최악의 저주받은 디버프 스킬.

이 어둠의 대지는 켈스가 알기로 그의 주인인 리치 킹 샬리언의 권능이었다.

때문에 샬리언과 함께 제국의 기사들을 상대할 때, 이 어둠의 대지를 이미 경험해 본 것이었다.

물론 그때는, 디버프가 아닌 버프로서의 어둠의 대지였지만 말이다.

"젠장, 뒤로 빠져! 어둠의 대지가 끝날 때까지 싸워서는 안 된다!"

켈스는 다급히 소환된 소환수들과 다른 흑마법사들에게 명령을 내렸지만, 그것은 이미 늦고 말았다.

어느새 새카만 두 마리의 하르가수스가, 허공을 날아 퇴로를 차단했기 때문이었다.

키히이이잉-!

뇌옥 안에 요란하게 울려 퍼지는, 사이하고 기괴한 말의 울음소리.

그에 시선을 휙 돌린 켈스는, 더욱 당혹스러운 표정이 되고 말았다.

두 마리의 하르가수스 중 한 녀석 위에 올라 있는 남자 때문이었다.

'아무리 봐도 흑마법사는 아닌데.'

흑마법사가 아니라면 하르가수스의 등에 오를 수 없다.

그것이 켈스의 상식이었다.

하지만 의문의 사내는 하르가수스의 등에 올라타 있었고, 그에게서는 흑마법의 기운이 전혀 느껴지지 않았다.

"노옴, 고작 둘이서 이 켈스 님의 앞을 가로막다니! 간덩이가 부은 게로구나!"

하지만 의문의 사내는, 대답 대신 하르가수스를 달려 켈스에게로 쇄도했다.

그리고 켈스의 스컬 완드가 빠르게 휘둘러졌다.

"죽어라, 이놈!"

쾅- 콰쾅-!

400레벨이 훌쩍 넘는 초고레벨의 흑마법사답게 거의 캐스팅 시간이 없는 즉발 공격 스킬을 마구잡이로 난사하는 켈스였다. 이어서 이안과 훈이가 탄 두 마리의 하르가수스가, 현란하게 움직이기 시작했다.

타탓- 탓-!

쿠콰콰쾅-!

하르가수스는 수십 갈래의 어둠광선 사이로, 대부분의 피해를 무효화시키며 뛰어들었다.

두 마리의 하르가수스는 피할 수 있는 공격은 거의 다 피해 내었고, 꼭 필요한 상황에만 강하를 발동시켜 피해를 흡수하고 있었다.

　그리고 그것은 차라리 묘기에 가까웠다.

　-도랏.ㅋㅋㅋ 지금 이안이 둘 다 컨하고 있는 거 맞지?

　-강하 컨 두 개를 저렇게 할 수 있다고?ㅋㅋㅋ 이거 뭔가 이상한데. 혹시 영혼 소환술 쓰면 소환된 영혼은 AI로 움직이는 거 아님? 그게 아니면 말이 안 되는데.

　-윗분, 저렇게 정교하게 움직이는 유저 AI 본 적 있음? 보스급 몬스터라면 몰라도.

　-아니, 다 필요 없고, 지금 이안 캐릭터랑 훈이 캐릭터가 거의 비슷하게 움직이고 있잖아. 저것만 봐도 이안이 컨하고 있는 건 확실함.

　-아, 그러네. 하, 진짜 돌았다. 이안, 쟤는 뇌가 여러 개 있는 게 분명해. 뇌가 좋을지 안 좋을지는 몰라도 숫자는 확실히 여러 개일 거야.

　-ㅇㅇ 뇌 한 개로 저렇게 동시에 여러 가지 생각을 하는 건 불가능하다고.

　-ㅋㅋㅋ진짜 이안 머리 한번 해부해 보고 싶다.

　누군가의 말처럼, 이안과 훈이의 하르가수스는 거의 쌍둥이라 해도 믿을 정도로 비슷한 움직임을 보이고 있었다.

　누가 봐도 한 사람이 컨트롤하는 것처럼 보일 수준.

　그런데 여기서 더 놀라운 것은, 상황에 따라 슬쩍슬쩍 움직임이 변화한다는 것이었다.

효율성을 위해 두 마리의 하르가수스를 묶어서 컨트롤하기는 하지만, 필요할 때는 변화를 줘서 다른 움직임을 부여하는 것이다.

게다가 하르가수스의 등에 앉은 훈이의 영혼은 무언가 고위 마법임이 분명한 흑마법을 캐스팅하고 있었다.

그것이 고위 마법이라는 사실은, 벌써 캐스팅 시간이 1분이 다 되어 가는데, 아직까지 마법이 발동되지 않고 있는 것만 봐도 알 수 있었다.

그리고 이것은 이안의 엄청난 자신감이라고 할 수 있었다.

단 한 번의 공격만 허용하더라도 캐스팅이 풀리게 되는데, 전장의 한복판으로 뛰어들며 이런 고위 마법을 캐스팅한다는 것은 캐스팅 시간 동안 단 한 번의 공격도 허용하지 않을 자신이 있다는 말이었으니까.

　-와, 개꿀잼! 갑자기 시나리오 모든지 뭔지 떠서 사냥하다가 짜증났었는데, 이런 생방송이라면 얼마든지 환영임ㅋㅋㅋㅋ

　-크으, 이안 날아다니는 것 봐. 훈이 컨 하는 와중에 자기는 잡몹들 다 쓸어 담고 있네.

　-그런데 이안갓도 조금 벅차기는 한가 봐요.

　-뭐가요?

　-훈이 마법까지 난사하고 그러지는 못하네요. 훈이는 그냥 계속 공격

만 피하고 있음.

　－ㅋㅋ 님, 시력검사 좀 다시 하셔야 할 듯.

　－지금 훈이 캐릭터 마법 캐스팅 중이잖아요. 뭘 캐스팅하는지는 모르겠지만, 벌써 30초도 넘은 듯.

　－30초가 뭐임. 1분? 아니, 2분은 된 듯.

　유저들은 신나서 떠들어 대며 전투 상황을 제각각 분석하기 시작했다.

　그리고 그 와중에, 통찰력이 뛰어난 랭커 유저나 카일란 전문가들의 발언은 일파만파 퍼져 나갔다.

　특히 이번 영상을 통해 처음 공개된, 이안의 소환 마수인 '크르르'에 대한 관심은 어마어마했다.

　－와, 이안갓, 대체 언제 발록까지 테이밍했냐. 지린다, 진짜. 쟤는 하루 48시간 게임함?

　－근데 저 발록 내가 봤던 발록들이랑 좀 다르게 생겼는데? 뭔지는 모르겠지만 좀 달라, 확실히.

　－윗 님, 랭커인 척 오지네요. 발록을 봤다고요?

　－아니, 직접 안 봐도 영상에서 많이 보잖아. 저거 확실히 다르게 생겼다고.

　그리고 그 관심에 걸맞게, 크르르는 맹활약을 펼치고 있었다.

 -크르릭! 크아아오!

 전장을 뛰어다니며, 디버프 위에서 허우적거리는 언데드
들을 파괴하고 다니는 크르르.

 특히 크르르의 고유 능력인 파괴 광선엔 모두의 이목이 집
중될 수밖에 없었다.

 파괴력이 어마어마한 데다 이펙트도 화려하고, 무엇보다
이 전장에서 가장 고효율을 선보이는 기술이었기 때문이다.

 좁고 복잡한 구조를 가지고 있는 뇌옥 맵의 특성상 크르르
의 파괴 광선은 미친 듯이 구조물에 반사되며 튕겨 나가고
있었는데, 이것이 그 이펙트를 몇 배 화려해 보이도록 만들
어주었다.

 크르르의 입에서 뿜어져 나온 붉고 화려한 빛줄기가 허공
을 어지러이 수놓는 광경은, 그야말로 압권이라고 할 수 있
었다.

 크아아아오!

 200레벨대 초반 정도밖에 안 되는 스켈레톤들은 마치 짚
단처럼 무너져 내렸으며…….

 쾅- 콰드득!

 400레벨에 가까운 흑마법사들도 스플래쉬 대미지에 적지
않은 피해를 입었다.

 스하아아아─!

스산한 소리를 내며 타오르는 마염魔炎의 열기가 전장을 집어삼킨 것이다.

그리고 잠시 후.

오랜 시간 캐스팅 중이던 훈이의 오른손에서 눈부시게 밝은 보랏빛의 기운이 소용돌이치기 시작했다.

쾅– 콰콰쾅–!

여기저기서 병장기 소리와 폭발음이 울려 퍼졌다.

어지러울 정도의 소음에도 불구하고, 스산한 목소리가 모두의 귀에 또렷하게 들려 왔다.

"소울 디케이Soul Decay!"

싸아아아–!

결코 목소리가 커서는 아니었다.

마치 누군가, 귀에 대고 귓속말을 하는 듯한 느낌에 가까웠다.

이어서 뇌옥 안의 모든 불빛이 보라색으로 물들기 시작했다.

새하얀 원혼들이 악취를 풍기며 보랏빛으로 타올랐다.

로터스와 퓰리오스의 영지전에서 어마어마한 위용을 보여 주었던 훈이의 '소울 디케이'가 또 다시 펼쳐진 것이다.

심지어 그 위력은, 퓰리오스와의 영지전에서 사용했을 때보다도 훨씬 강력했다.

스킬의 숙련도 자체가 오른 데다가, 어둠의 대지의 영향으로 위력이 35퍼센트만큼 뻥튀기되었기 때문.

쾅– 쾅– 콰쾅–!

화르르륵–!

사방에서 피어오르는 보랏빛의 불꽃에, 수많은 언데드들이 속수무책으로 쓰러지기 시작했다.

이어서 소울 디케이가 펼쳐진 그 위로, 기다렸다는 듯 훈이의 언데드들이 연이어 소환되었다.

"전능하신 임모탈 님을 위하여!"

"죽음의 기운이 우릴 부른다!"

"크하아아!"

그리고 그 광경을 본 켈스의 두 눈이 몇 배는 확대되었다.

"임모탈이라니! 임모탈의 후예였단 말인가!"

켈스는 경악했지만, 여기서 끝이 아니었다.

쿠콰콰쾅–!

갑자기 지진이라도 난 듯 뇌옥이 거세게 흔들리기 시작한 것이다.

그리고 그 이유는 바로 두 마리의 드래곤이었다.

카르세우스와 뿍뿍이.

두 마리의 신룡이 본체로 현신하자, 좁은 뇌옥의 벽이 터져 나가며 진동이 일어난 것이다.

게다가 자잘한 벽들이 전부 허물어지자, 복잡했던 뇌옥의 구조가 뻥 뚫리며 커다란 공터로 바뀌어 버렸다.

순식간에 뇌옥 맵의 구조가 바뀐 것이다.

-모조리 다 얼려 주마!

본체로 현신하자 어비스 드래곤이라는 이름에 걸맞은 위엄을 보여 주는 뿍뿍이였다.

뿍뿍이와 카르세우스가 동시에 입을 쩍 하고 벌렸고, 무지막지한 두 마리 신룡의 숨결이 강렬하게 뻗어 나가기 시작했다.

콰아아아-!

크아아아오!

원래대로였다면 수많은 뇌옥의 벽체들로 인해 막혔어야 할 용의 숨결이, 뻥 뚫린 뇌옥으로 순식간에 밀려든다.

그에 기겁을 한 켈스와 흑마법사들은 브레스의 범위 바깥으로 빠져나가려 했으나, 그것을 가만히 보고 있을 이안이 아니었다.

빡빡이와 핀, 그리고 크르르와 함께 이미 퇴로를 완벽히 틀어막은 것이다.

그리고 두 드래곤의 브레스는 뇌옥의 모든 언데드들을 완벽히 집어삼켰다.

"으아악!"

"신룡이다! 드래곤 브레스야!"

"빨리 실드를……!"

흑마법사들은 허겁지겁 방어 마법을 캐스팅했지만 아무런

소용이 없었다.

흑마법사 최고의 장판 공격 기술인 소울 디케이의 위에서 드래곤 두 마리의 브레스까지 동시에 직격당하니, 그것을 버텨 낼 재간이 있을 수가 없었던 것이다.

소환된 언데드들 중 생명력과 방어력이 뛰어난 데스나이트들과 고스트 골렘들도 예외는 아니었다.

-소환수 '카르세우스'가 언데드 '데스나이트'에게 치명적인 피해를 입혔습니다!

-소환수 '뿍뿍이'가 언데드 '스켈레톤 메이지'에게 치명적인 피해를 입혔습니다!

-'데스나이트'의 생명력이 469,809만큼 감소합니다.

-'유령 골렘'의 생명력이 297,542만큼 감소합니다.

-'데스나이트'의 생명력이 501,709만큼 감소합니다.

-'스켈레톤 메이지'의 생명력이 792,801만큼 감소합니다.

마치 바늘 위의 풍선처럼 펑펑 터져 나가는 켈스의 하수인들.

네임드급 NPC인 켈스의 생명력조차 20퍼센트가 채 남지 않았으니, 일반 언데드들이 맥을 못 추는 것은 어쩌면 당연한 일이었다.

그리고 마지막으로 이 전투의 마침표를 찍을 레미르의 광역 화염 스킬이 터져 나왔다.

화르륵-!

그러자 군데군데 겨우 살아남아 있던 켈스의 하수인들이 그대로 증발하고 말았다.

"크으윽!"

뇌옥 전체에 빼곡하던 300레벨 후반의 언데드들과 400레벨 초반대의 흑마법사들이 모조리 전멸하는 데 걸린 시간은 고작 3분이었다.

마지막으로 혼자 남은 켈스조차 얼마 더 버틸 수가 없는 상황이었다.

애초에 생명력도 얼마 남지 않았지만, 이안과 유신의 합공이 펼쳐지자 당해 낼 수 없었던 것이다.

레벨이 440이라고는 하지만 근접 전투에 취약한 흑마법사 클래스인 데다가, 마법을 캐스팅하는 동안 자신을 지켜 줄 소환물들까지 일시에 증발해 버렸으니 답이 있을 리 없었다.

"크아악, 원통하도다!"

칼칼한 목소리로 절규하며 새카만 연기가 되어 사라지는 켈스.

연계기를 적중시켜 켈스를 마지막을 장식한 유신이, 이안을 향해 엄지손가락을 척 하고 치켜들었다.

원래부터 이기기 힘든 전투라고는 생각지 않았지만, 이렇게 순식간에 정리될 줄은 상상도 못했기 때문이었다.

감탄을 금치 못하는 것은 레미르 또한 마찬가지였다.

'폴리모프를 이런 식으로 활용할 생각을 하다니.'

처음부터 끝까지, 그야말로 흠 잡을 곳 없는 완벽한 설계였다.

뿍뿍이와 카르세우스를 폴리모프시킨 타이밍부터 시작해서, 모든 것이 잘 짜인 각본이었던 것이다.

물론 채팅 창에서도 난리가 났다.

－캬아, 방금 440짜리 네임드 흑마법사 잡은 거 맞지?

－미쳤다, 진짜. 아니, 아무리 랭커들이라고 해도 그렇지, 어떻게 저 전투를 저렇게 쉽게 끝내는 거지?

－ㅇㅇ미쳤음 진짜. 난 솔직히 켈스인지 뭔지 흑마법사 440레벨인 거 보고 이안 파티가 질 수도 있겠다고 생각했는데.

－에이, 애초에 이안 파티가 질 만한 각은 안 나왔음. 지금 중요한 건 이안이 440레벨 네임드를 잡았다는 게 아님.

－음, 그럼 뭐가 중요한데요?

－전투 과정이 중요하죠. 진짜 방금 스킬 연계 대박이었어요. 나 보는 내내 멍 때리고 있었음.

－전 너무 빨리 지나가서 뭐가 뭔지 잘 모르겠어요. 누가 방금 상황 해설 좀 해 주실 분?

－맞아요. 누가 설명 좀. 난 겜알못이라 아무리 뜯어 봐도 모르겠네.

현재 시나리오 시청 모드는, 카일란을 플레이 중이던 한국 서버의 모든 유저들을 대상으로 열린 상태였다.

그랬기 때문에 평소에 딱히 랭커들에 관심이 없었던 초보 유저들까지 전부 영상을 시청하게 됐던 것.

최상위권 랭커들, 특히 이안의 전투를 처음 본 초보 유저들은 그 화려함에 감탄했으며, 제법 카일란에 대한 지식을 제법 가지고 있는 고레벨의 유저들은 이안이 깔아 놓은 설계에 탄복했다.

-일단 하르가수스 강하컨으로 3분 넘는 캐스팅 시간 버텨서 훈이 소울 디케이 발동시킨 것부터가 이미 사람이 아님.

-그것도 그건데, 난 솔직히 폴리모프로 뇌옥 부수는 거 보고 지렸음. 저 뇌옥 맵이 원래 광역기 쓰기에 엄청 비효율적인 맵이거든요. 자잘한 벽들로 전부 다 막혀 있어서 광역기 써 봐야 쓸모없는 구조인데…….

-그러니까요. 난 왜 훈이 소울 디케이 캐스팅하는 동안 신룡이랑 소환수들 스킬 발동 안 시키고 기다리는지 궁금했었음. 왜 그러나 했더니 광역기 한 방에 다 터뜨려서 언데드들 좀비같이 살아나는 거 미리 방지하려는 거였네요. 영혼 흡수 리얼 쓸모없어졌음.

-크으, 찬양해. 이안 갓!

언데드들은 기본적으로, 체력과 방어력이 레벨에 비해 무척이나 허약한 편이다.

하지만 모이면 모일수록 까다로운 적이 바로 언데드인데, 그 이유가 바로 재생력이었다.

고위 흑마법사들이 '영혼 흡수' 스킬을 사용하며 계속해서 후방 지원을 해 주면, 생명력이 떨어졌다가도 금세 차오르기 때문이었다.

적이 죽건 아군이 죽건 그 영혼을 빨아들여 언데드들의 생명력을 채워 줄 수 있는, 흑마법사의 대표적인 스킬 중 하나인 영혼 흡수.

대규모 전투일수록 위력이 강해지는 이 언데드들의 장점을, 이안이 완벽히 무력화시켜 버린 것이었다.

아무리 재생력이 좋아도 단숨에 삭제해 버리면 방법이 없는 것이다.

어쨌든 전투는 완벽히 마무리되었고, 이안이 영혼 소환술로 소환했던 훈이의 영혼도 지속 시간이 끝나면서 허공으로 흩어졌다.

그리고 켈스가 사망한 그 자리에서, 새하얀 빛이 피어오르기 시작했다.

휘이잉-!

그에 이안 일행의 시선이 전부 그곳을 향해 고정되었다.

유신이 흥미로운 표정으로 중얼거렸다.

"뭐지? 연계 퀘스트라도 뜨는 건가?"

그리고 그 말이 끝나기가 무섭게, 세 사람의 시야에 시스템 메시지가 떠올랐다.

띠링-!

-리치 킹 샬리언의 하수인, 흑마법사 '켈스'를 성공적으로 처치하셨습니다.

-켈스의 심장에 봉인되어 있던 원혼들이 자유를 얻었습니다.

-뇌옥에 갇혀있던 루스펠 제국의 충신들이 힘을 되찾습니다.

-명성이 15만 만큼 상승합니다.

이어서 새하얀 빛 무리들이 뇌옥의 사방으로 뻗어 나갔고, 마치 시체처럼 여기저기 널브러져 있던 제국의 충신들이 점점 생기를 찾기 시작했다.

그런데 바로 그때…….

키에에엑-!

하얀 빛이 다 빠져나온 켈스의 시체에서, 마지막으로 시커먼 기류가 흘러나오더니 시커먼 해골의 형상을 만들어 내었다.

"……!"

그리고 해골의 입에서, 스산한 음성이 흘러나왔다.

-감히 나 샬리언의 대계大計를 방해하다니!

하지만 그것은 잠시였을 뿐.

시커먼 해골의 형상은 한마디만을 남기고 그대로 사라져 버렸다.

대신에 뇌옥의 가장 깊숙한 곳에 있던 커다란 철문이 쿵쿵거리며 소리를 내기 시작했다.

레미르가 입을 열었다.

"저 안에 누가 갇혀 있는 것 같은데?"

"그러게. 루스펠 제국 관련 NPC겠지?"

이안 일행은 빠른 걸음으로 소리가 나는 철문을 향해 움직였다.

그때였다.

쾅—!

커다란 소리와 함께, 놀랍게도 철문이 부서지며 그 안에서 세 명의 그림자가 걸어 나왔다.

저벅저벅.

여기 저기 핏물이 번져 있는 데다, 군데군데 찢어져 거의 누더기가 되어 있는 은빛 갑주.

하지만 복부와 양쪽 어깨에 수놓아져 있는 황금빛 그리핀의 자태를 보자마자, 이안은 그들의 정체를 알 수 있었다.

"기사단장들이군."

그들은 바로, 과거 루스펠 제국의 기사들을 이끌던 기사단의 단장들.

이안은 그들의 면면을 슬쩍 확인해 보았으나, 아쉽게도 헬라임은 그들 중에 없었다.

이안 일행을 발견한 세 사람은, 천천히 이안의 앞으로 다가왔다.

이안은 그들 중 가장 앞서 걸어온 남자에게 악수를 청하려 했으나, 곧 당황할 수밖에 없었다.

시스템에 캐릭터 통제를 빼앗겼는지 손이 마음대로 움직이지 않았던 것이다.

이어서 생각지 못했던 상황이 펼쳐졌다.

쿵-!

세 명의 기사단장이 동시에 이안의 앞에 한쪽 무릎을 꿇으며 예를 취한 것이었다.

"신, 러스펠 기사단장 로트리엄이 이안 로터스 대공을 뵙나이다."

"신, 소크니아 기사단장 랄슨이 대공을 뵙습니다."

"충! 콜튼 기사단장 라파엘이 이안 대공을 뵙나이다."

조금씩은 다르지만 거의 비슷한 대사를 동시에 내뱉으며, 세 명의 기사단장들은 이안의 앞에 무릎을 꿇었다.

그리고 어느새 세 명의 기사단장의 뒤로, 수십에 가까운 인원들이 뛰어와 무릎을 꿇고 예를 취했다.

그들 중 절반 정도가 제국의 기사들이었지만 그들 중에는 로브를 걸친 마법사도 있었고, 일반 병사인 듯 보이는 NPC도 있었다.

벽에 드문드문 걸린 횃불의 은은한 빛만이 남아 있는 어두운 뇌옥.

그 중심에 선 이안의 얼굴을, 일렁이는 불빛이 빨갛게 비추었다.

그리고 그의 앞에 절도 있게 도열하여 예를 갖춘 제국 충신들의 모습.

이 광경은 보는 이로 하여금 묘한 감정을 불러일으키게 하기에 충분했다.

그리고 잠시 후, 묘한 적막 속에서 이안의 입술이 천천히 떨어졌다.

"그대들은 듣거라."

이안의 입에서 묵직한 음성이 흘러나왔고, 장내는 쥐 죽은 듯 조용해졌다.

뇌옥 안에 있는 모두가 이안의 다음 말만을 기다렸고, 그것은 이 영상을 시청 중인 다른 유저들도 마찬가지였다.

끊임없이 스크롤이 올라가던 채팅 창이 순간적으로 멈출 정도였으니까.

이안이, 정확히 말하자면 이안의 AI가 위엄 있는 목소리로 말을 이었다.

"만약 그대들이, 나 이안 로터스를 따른다면 셀리어스 황제폐하의 뜻을 이어 제국의 영광을 약속하겠노라."

제국의 황제라 하여도 손색이 없을 정도로 위엄 넘치고 기품 있는 이안의 말에 기사들의 눈이 반짝였다.

하지만 이안의 말은 거기서 끝이 아니었다.

"단, 나의 제국의 이름은……."

이안의 두 눈동자가 황금빛으로 빛나기 시작했다.

"루스펠이 아닌, 로터스가 될 것이다."

20분 정도에 걸친 흑마법사 켈스와 이안 파티의 전투 영상.

그 안에서도 실질적인 전투는 10분이 안 되는 짧은 수준이었지만, 영상은 폭발적인 조회 수를 기록하며 일파만파 퍼져 나갔다.

당시 게임을 플레이 중이던 모든 유저들은 생방송으로 영상을 봤었지만, 접속 중이지 않던 유저들은 차후에 공식 홈페이지를 통해 보게 된 것이다.

게다가 수많은 사람들이 영상을 퍼 나르기 시작하자, 카일란을 플레이하지 않는 일반인들 사이에서도 화제가 되었을 정도였다.

"이 영상 혹시 봤냐? 이거 무슨 영화 트레일러 영상이야?"

"영화는 무슨. 카일란 플레이 영상이라고."

"카일란? 그 가상현실 게임 카일란 말하는 거야?"

"그래. 그 카일란 말이야."

덕분에 LB사 홍보 팀은, 덩실덩실 춤이라도 추고 싶은 심정이었다.

"캬, 이번 홍보 영상은 따로 제작할 필요도 없겠어. 이 영상이나 좀 편집해서 퀄리티 높이고, 그대로 배포하면 될 것 같은데?"

"그러니까 말이에요. 다음 주에 홍보 팀 전원 워크숍 가도 되겠는데요, 팀장님?"

"흐흐, 좋아! 이거 영상 편집 이번 주 내로 다 끝내면, 다음 주에 워크숍 결재 한번 받아 본다!"

물론 이안이 등장하는 영상을 직접적으로 홍보 영상으로 쓰기 위해서는 그에 걸맞은 인센티브를 이안에게 지급해야만 했다.

그 액수가 결코 적지는 않겠지만 그래도 전혀 나쁠 것이 없었다.

홍보 효과 대비 비용으로 계산해 보면 충분히 남는 장사였으니까.

한편 같은 LB사의 직원들임에도 불구하고 이안 때문에 울상인 직원들도 많았다.

이안 덕분에 에피소드의 방향 자체가 바뀌어 버렸고, 그 때문에 빠른 시일 내에 추가 콘텐츠를 만들어야 했던 것이다.

개발 팀과 디자인 팀, 기획 팀의 얼굴에는 짙은 그늘이 내려앉아 있었다.

위이잉-!

아무도 남아 있지 않은 텅 빈 뇌옥 안.

조용하고 거대한 동공의 한복판에 공명음과 함께 파란 기운이 넘실거리기 시작했다.

그것은 바로 로그인 이펙트였다.

"휘유, 빨리 접속하고 싶어서 혼났네."

모든 이벤트가 끝나 아무도 남지 않은 뇌옥에 접속한 인물은, 다름 아닌 훈이였다.

"흐으, 이안 형한테 해명도 해야 되고 경험치 두 배도 얼른 먹어야 되고, 할 일은 많지만……!"

침을 꿀꺽 삼킨 훈이는, 갑자기 두 손을 모아 기도하기 시작했다.

"부처님 하느님. 아니, 임모탈 님, 제발 무기 상자나 퀘스트 중 하나로 뜨게 해 주세요!"

그야말로 간절함이 담긴 훈이의 기도였다.

정성스레 기도를 마친 훈이는, 비장한 표정으로 먼저 퀘스트 창을 열었다.

'전직퀘! 제발 전직퀘!'

속으로 연신 중얼거린 훈이는 눈앞에 떠오른 퀘스트 창을 빠르게 훑었다.

하지만 퀘스트 창 어디에도, 훈이가 바랐던 새 퀘스트가 생성되었음을 알리는 'N'이라는 글자는 보이지 않았다.

"크윽!"

훈이는 잠시 휘청했지만, 아직 희망을 잃지 않았다.

'그래, 내 운이 원래 좀 나쁘기는 하지만, 이번만큼은 다를 거야. 그동안 액땜을 너무 많이 했잖아?'

훈이가 원하는 보상이 걸릴 확률은 4분의 2.

즉, 정확히 50퍼센트다.

이미 전직 퀘스트는 아니라는 것이 확정되었으니, 남은 확률은 3분의 1이었다.

"제바알!"

훈이는 두 눈을 질끈 감은 채 인벤토리를 오픈했다.

그리고 잠시 후, 아이템 창을 확인한 훈이의 두 눈이 커다랗게 확대되었다.

아이템 창의 가장 위쪽에, 처음 보는 황금빛 상자가 들어와 있었기 때문이었다.

"아자자자잣! 아잣!"

훈이는 빠르게 아이템 정보를 확인해 보았다.

그리고 함박웃음을 지을 수 있었다.

ㅡ신화 등급 무기 상자 (흑마법사 전용)

'크으, 심지어 직업 전용이야! 횡재했다!'

훈이는 덩실덩실 춤이라도 추고 싶은 심정으로 무기 상자를 인벤토리에서 꺼내었다.

흑마법사 전용 무기가 확정되어 있는 무기 상자인 이상 절대로 쪽박을 찰 일은 없었다.

"자, 어디, 그럼 뭐가 들어 있는지 한번 확인해 볼까?"

싱글벙글한 표정을 한 훈이는, 기대에 찬 표정으로 무기 상자를 천천히 들어올렸다.

이것이 훈이의 첫 번째 신화 등급 아이템이었으니, 설레지 않을 수 없었다.

그런데 훈이가 아이템 상자를 오픈하려던 바로 그때였다.

휘이잉–!

어디선가 어두운 바람이 불어오더니, 훈이의 앞으로 모여 들어 기이한 형체를 만들기 시작했다.

"……!"

그에 당황한 훈이는 얼른 무기 상자를 다시 인벤토리에 집 어넣고, 긴장한 표정이 되어 재빨리 전투 자세를 취했다.

과연 랭커다운 순발력 있는 움직임이었다.

'뭐지? 몬스터가 아직 남아 있었나? 그럴 리는 없는데…….'

눈을 반쯤 게슴츠레하게 뜬 훈이는 어두운 그림자를 찬찬 히 뜯어보았다.

그리고 잠시 후, 놀랄 수밖에 없었다.

'이건……. 켈스가 죽었을 때 나타난 그 녀석이잖아?'

켈스가 죽은 뒤, 새하얀 빛들이 빠져나가고 마지막에 허공 에 떠올랐던 새카만 원혼.

지금 훈이의 눈앞에 나타난 그림자가 바로 그 원혼과 똑같 은 형상을 가지고 있었던 것이다.

그리고 그림자의 입에서 천천히 말이 흘러나왔다.

―네 녀석은 나와 동류로군. 너에게서 무척이나 익숙한 기운이 느껴진다.

칼칼한 목소리를 들은 훈이는 재빠르게 상황을 판단했다.

레벨을 비롯한 아무런 정보조차 떠오르지 않는 것을 보아, 싸워야 할 몬스터는 아닌 듯했다.

상황 판단이 전부 끝나고 나자, 훈이는 오랜만에 상황극에 몰입했다.

"크큭, 확실히 그렇군. 그대는 어둠의 군주. 그렇지 않은가?"

그리고 의문의 그림자는 훈이의 대사를 무척이나 흡족하게 받아 주기 시작했다.

―어둠의 군주라……. 그렇기도, 아니기도 하다. 나는 그 일부에 불과할 뿐이니.

훈이는 뒤집어 쓴 후드의 끝에 살짝 손을 올려 당기며, 거만한 표정으로 한쪽 입꼬리를 말아 올렸다.

"어이, 내게 원하는 게 있는 모양인데, 망설이지 말고 한번 말해 보라고. 난 생각보다 대단한 녀석이니까 말이야."

누군가 들었다면 손발이 오그라들어 몸 둘 바를 몰랐을 만한 대사를, 정말 아무렇지 않은 표정으로 투척하는 훈이였다.

하지만 의문의 그림자는 당연하다는 듯 고개를 끄덕이며 대화를 이어 나갔다.

-네 녀석으로부터 느껴지는 어둠의 기운…… 확실히 보통은 아니군.
좋다, 제안을 하도록 하지.

　그리고 그의 말이 끝나자마자, 훈이의 눈앞에 돌연 퀘스트
창이 떠올랐다.

　띠링-!

리치 킹 샬리언의 제안 (히든)(듀얼)

리치 킹 샬리언은 흑마법사 켈스의 심장에 자신의 원혼 일부를 떼어 심
어 놓았다.

그것은 자신의 권능을 켈스에게 빌려줌과 동시에 그를 감시하기 위한
조치.

하지만 켈스가 갑자기 사망하는 바람에 원혼의 조각은 뇌옥 안에 고립
되고 말았다.

리치 킹 샬리언은 당신이 이 영혼의 조각을 수습하여 자신을 찾아오기
를 바란다.

그리고 만약 그의 제안을 수용한다면 당신에게 '리치 메이지'가 되는 길
을 알려 줄 것이다.

그러나 리치 메이지의 길은, 어둠의 군주 임모탈의 뜻에 반攻하는 길.

당신이 리치 메이지의 길을 택한다면, 강력한 리치의 흑마법을 얻는 대
신, 임모탈의 권능이 빛을 잃고 말 것이다.

이제 당신은 선택해야 한다.

만약 당신이 리치 메이지의 힘을 얻고 싶다면 그의 제안을 수용해야 하
며, 임모탈의 유지를 받들고 싶다면 그의 영혼을 파괴하라.

퀘스트 난이도 : S/SSS

(유저의 선택에 따라 퀘스트의 난이도가 달라집니다.)

퀘스트 조건 : 300레벨 이상의 흑마법사.

리치 킹 샬리언의 영혼 조각 발견.

'지하 뇌옥 탐사 I' 퀘스트를 진행 중이던 유저.

퀘스트 창을 찬찬히 읽어 내려간 훈이의 한쪽 입꼬리가,
슬쩍 말려 올라갔다.

퀘스트를 마치고 왕국으로 돌아온 이안은 새로 얻은 NPC
들을 왕국의 신하로 등용했다.

처음에는 자신의 가신으로 등록해 볼까도 생각했으나, 그
것은 효율이 좋지 못했다.

왕국의 신하이건 이안 자신의 가신이건, 필요할 때 데려다
쓰는 데는 별 차이가 없는데, 왕국의 신하로 등록되어 있어
야 다른 유저들까지 명령을 내릴 수 있기 때문이었다.

그렇지 않아도 할 일이 많은 이안에게 너무 많은 가신은
오히려 짐이었다.

"샬리언의 목걸이라……. 이건 훈이에게 줘야겠지?"

루이세이의 퀘스트를 완료하고 얻은 '샬리언의 목걸이' 아
이템.

제법 값이 나갈 만한 전설 등급의 목걸이였지만, 이것은

훈이에게 양보하기로 결정했다.

어쩔 수 없는 상황이었다고는 해도 훈이를 PK한 데 죄책감이 들었기 때문이었다.

"뭐, 접속하면 알아서 연락 오겠지."

만약 이안이 친구 목록을 확인했더라면 훈이가 이미 접속해 있음을 알 수 있었겠지만, 이안은 친구 목록을 거의 열어 보지 않는 유저였다.

그리고 무엇보다도 지금은 할 일이 너무 많았다.

루이세이에게 받은 새로운 연계 퀘스트도 곧 시작해야 했고, 그 전에 찾아가 봐야 할 곳도 있었다.

이안은 인벤토리에서 오랜만에 차원의 구슬을 꺼내었다.

그리고 차원문을 열어 어디론가 이동했다.

마계 107구역, 세르비안의 연구소.

오랜만에 연구소에 도착한 이안을, 세르비안이 반갑게 맞아 주었다.

"오오, 이안, 오랜만이군! 이거 너무한 거 아닌가. 자주 좀 오시게. 늙은이 혼자 연구소에 박혀 있는 건 생각보다 외롭단 말이지."

그에 이안이 피식 웃으며 대꾸했다.

"그러니까 심심하시면 제자를 또 받으라니까요? 제가 여러 번 말하지 않았습니까."

"하핫, 그럴 순 없네. 자네를 이미 가르쳐 본 이상, 그 누구도 만족할 수 없을 것 같아서 말이야."

"그렇게 띄워 주실 필요 없습니다요."

이안은 세르비안이 너스레를 떠는 것이라 생각했지만, 결코 그런 것이 아니었다.

그는 정말 과장 하나 없이, 이안만큼 만족스러운 제자는 더 이상 없을 것이라 생각하고 있었다.

'암, 그렇고말고. 내 연구 철학을 이만큼 따라와 줄 녀석을 어디서 또 찾아.'

이안과 같은 변태는 인간계와 마계를 통틀어 어디에도 없을 것이라고 세르비안은 확신했다.

어쨌든 이안이 찾아온 이유를 알고 있는 세르비안은 그를 연구실 안쪽으로 안내했다.

"자네, 지난번에 맡겨 둔 마수 알 때문에 찾아온 게지?"

"그렇죠. 역시 스승님은 척 하면 척이시네요."

"후후, 일단 이쪽으로 좀 와 보게나."

세르비안을 따라 연구실의 안쪽으로 들어온 이안은, 연구실 깊숙한 곳에 굳게 잠겨 있던 방 안으로 들어섰다.

그리고 그곳은, 뜨거운 열기와 함께 시뻘건 염화炎火가 가득한 곳이었다.

"어후, 여긴 여러 번 와도 적응이 안 됩니다."

금세 송글송글 맺힌 땀을 닦으며 이안이 중얼거리자, 세르비안이 피식 웃으며 고개를 끄덕였다.

"그럴 수밖에. 마염의 기운은 인간뿐 아니라 어지간한 마족들도 견디기 힘든 열기를 가지고 있으니 말일세."

이안은 고개를 돌려 방 안을 쭉 돌아보았다.

시뻘건 마기와 염화 위에 진열되어 있는 수많은 마수의 알들.

마수의 알은 일반적인 몬스터의 알과 달라서 그 종류나 부화도에 따라 색상이 가지각색이었는데, 때문에 수많은 알이 모여 있는 모습은 무척이나 신비로운 분위기를 만들어 내었다.

그리고 방의 구석으로 가자, 이안이 세르비안에게 맡긴 알들이 진열되어 있었다.

그것을 확인한 이안의 표정이 살짝 어두워졌다.

"으음……. 역시 베히모스의 알은, 아직까지도 아무런 변화가 없군요."

세르비안이 쓴웃음을 지으며 고개를 끄덕였다.

"그렇다네. 여전히 전설 등급 이상의 마수 알은 부화시킬 방법을 찾지 못했어. 뭔가 특별한 재료나 방법이 필요할 것 같은데, 알 수가 없단 말이지."

빨갛게 타오르는 마염魔炎 속에, 가지런히 진열되어 있는 세 개의 푸른 알들.

마치 유리알 같은 신비로운 질감을 가진 알을 보며, 이안이 뒷머리를 긁적였다.

"베히모스만 있으면 왠지 신화 등급 마수를 연성할 수 있을 것도 같은 데 말이죠."

이안의 말에 세르비안이 피식 웃으며 대답했다.

"자네는 이미 신화 등급이나 다름없는 마수 연성에 성공하지 않았는가?"

"크르르 말씀하시는 겁니까?"

"당연하지. 나조차도 아직 자네의 '크르르' 정도 되는 마수는, 칼리파 이후로 연성에 성공한 일이 없다네. 그 정도면 충분히 자부심을 가져도 돼."

이안은 베히모스의 알 앞에 쪼그려 앉았다.

그리고 그 파란 알들을 유심히 살펴보며 중얼거리듯 입을 열었다.

"크르르도 충분히 훌륭한 마수이기는 하지만, 이 녀석들만큼은 꼭 마수 연성에 써 보고 싶었는데……."

이안은 지금까지, 마계에서 발견한 대부분의 전설 등급 마수를 마수 연성의 재료로 실험해 보았다.

발록은 물론이고 타르베로스부터 시작해서 데빌 드래곤까지.

마계 10구역대에 등장하는 모든 전설 등급의 마수를 닥치는 대로 사냥해 영혼석을 모아다가 계속해서 실험을 한 것이었다.

하지만 어디를 뒤져도 구할 수 없는 영혼석이 하나 있었으니, 그게 바로 베히모스의 영혼석이었다.

베히모스 만큼은 사령의 탑을 지키던 녀석을 제외하고 찾을 수가 없었던 것이다.

이안의 중얼거림에 세르비안이 굳은 표정으로 고개를 끄덕였다.

"너무 걱정 마시게. 내가 어떻게든 저 녀석들을 부화시킬 방법을 찾아보도록 하지."

"고맙습니다, 세르비안. 세르비안이라면 반드시 방법을 찾아낼 수 있을 겁니다."

씨익 웃어 보인 세르비안은, 의자에 걸터앉아 땀을 닦으며 옅은 한숨을 내쉬었다.

"휘유, 어디 전설 등급 마수 알을 부화시킨 선례라도 있으면 좋을 텐데, 아무리 기록을 뒤져 봐도 그런 것을 찾을 수가 없으니."

그런데 그때, 세르비안의 말을 들은 이안이 뭔가 떠올랐는지 갑자기 자리에서 벌떡 일어났다.

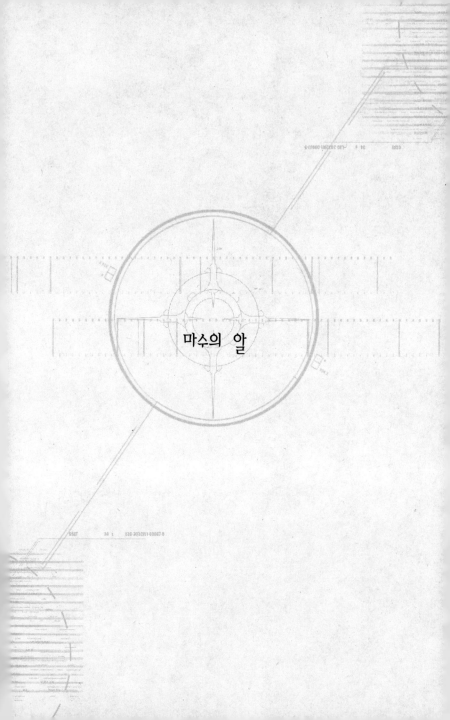

마수의 알

Taming Master

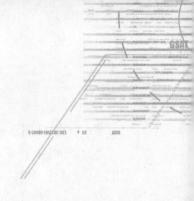

'맞아, 그러고 보니 또 다른 전설 알의 주인이 있었어!'

이안의 뇌리에 붉은 마수의 알이 번뜩 떠올랐다.

베히모스의 알과 무척이나 흡사한 생김새와 질감을 가진 붉은 알이, 순간적으로 베히모스의 알과 겹쳐 보인 것이다.

과거 그리퍼에게서 차원마력 충전기를 받으며 그 대가로 건네주었던 마수의 알.

그리퍼에게 건네준 뒤 잊고 있었지만, 지금 생각해 보면 그 알도 분명 전설의 마수가 잉태되어 있던 알일 것이었다.

'그리퍼는 부화 방법을 찾았을까?'

더 오래 생각할 여유가 없었다.

열어 두었던 차원 문이 닫히기 전에, 다시 인간계로 돌아가야 했다.

"세르비안, 저 이만 가 보겠습니다."

"온 지 얼마나 됐다고 벌써 가는 겐가? 항상 오면 일주일 정도는 있다가 가더니……."

"급한 일이 생겼습니다. 그동안 제 알들 잘 보살펴 주세요."

"그거야 뭐……."

세르비안이 뭔가 말할 새도 없이, 이안은 후다닥 달려 연구실 밖으로 뛰어 나갔다.

목적지는 대륙의 동쪽 끝에 있는 차원의 마탑이었다.

백색과 흑색, 그리고 회색.

마치 흑백사진 속에 갇히기라도 한 듯 완벽한 모노톤의 풍경 속에, 거대한 묵빛의 첨탑이 하늘을 찌를 듯 서 있다.

하얀 눈이 내려앉아서인지 탑을 둘러싸고 있는 바위협곡 마저 무척이나 황량해 보였고, 탑의 주위에는 셀 수 없이 많은 해골들이 쌓여 있어 기괴한 분위기를 자아냈다.

북부 대륙과 중부 대륙을 잇는 금지禁地.

이번 업데이트로 처음 오픈된 지역인 이곳은, 아직 그 어떤 유저의 발길도 닿지 않은 곳이었다.

일반적인 방법으로는 들어설 수 없는 맵이기 때문이다.

그리고 이 높은 첨탑이 바로, 리치 킹 샬리언의 마탑이었다.

"크으윽, 감히 일개 흑마법사 따위가 나 샬리언의 제안을 거부하다니."

마탑의 꼭대기에 있는 커다란 석좌에 시커먼 로브를 뒤집어 쓴 한 사내가 앉아 있었다.

온몸으로 음울한 기운을 뿜어내는 어두운 남자.

그는 뼈밖에 남지 않은 앙상한 손을 들어 자신의 심장을 움켜쥔 채 고통스런 표정을 하고 있었다.

"후우, 잃어버린 영혼의 파편을 복구하려면 또 일주일은 움직일 수 없겠군."

남자, 샬리언의 두 눈이 번뜩였다.

그리고 그의 눈빛은 분노로 번들거리고 있었다.

"감히……. 간지훈이라고 했던가. 오늘의 그 선택, 후회하도록 만들어 주지."

지금껏 스승인 임모탈을 제외하고는, 그 누구도 샬리언의 뜻을 거스르려 하지 않았었다.

아니, 그 임모탈마저도 샬리언이 리치 킹의 힘을 얻고 나서는 함부로 대하지 못했던 터였다.

그런데 근본도 없는 인간 흑마법사 따위가 자신의 제안을 거절했다.

그로 인해 손해 본 시간을 생각하니 분노가 치밀어 오를 수밖에 없었다.

으드득–!

차가운 첨탑 내부가 작게 울릴 정도로 으스러져라 이를 간 샬리언은 갑자기 한쪽 손을 번쩍 들어올렸다.

그러자 그의 손을 중심으로 시커먼 기류가 휘몰아치기 시작했다.

"라– 카므로엘!"

샬리언의 차갑고 칼칼한 음성이 첨탑 내부에 쩌렁쩌렁 울려 퍼졌다.

그리고 그의 앞에 칠흑같이 까만 연기가 일렁이더니, 다섯 구의 그림자가 바닥에서부터 피어올랐다.

그리고 그들 중, 가운데에 나타난 그림자가 천천히 어둠 속에서 걸어 나와 샬리언의 앞에 무릎을 꿇었다.

기괴한 형태의 흉갑을 걸치고 시커먼 도끼창을 등에 멘 남자.

"부르셨습니까, 왕이시여."

그는 리치 킹의 권능으로 다시 태어난, 죽음의 기사였다.

샬리언이 석좌에서 천천히 일어났다.

그리고 새하얀 이를 드러내며 기괴한 표정으로 입을 열었다.

"전쟁은…… 시작되었다."

이어서 샬리언의 두 눈이 붉게 물들었다.

"흩어진 영혼의 파편을 전부 모아오도록 하라."

죽음의 기사, 카므로엘이 대답했다.

"명을 받들겠나이다."

끝없이 펼쳐진 푸르른 정원.

무릉도원武陵桃源이라는 표현이 과하다 생각되지 않을 정도로, 형형색색의 아름다운 꽃들이 자라나는 정원의 풍경은 마치 천국의 그것과도 같았다.

그리고 정원의 중심에는, 한 마리의 아름다운 용이 똬리를 틀고 앉아 있었다.

새파란 하늘빛과 푸른 초원의 빛이 반사되는, 아름다운 비늘을 갖고 있는 신비스러운 분위기의 비룡.

푸릉– 푸르릉–!

그는 기분 좋은 표정으로 연신 푸르릉거리는 소리를 내며 낮잠을 청하고 있었다.

그런데 그때, 감겨 있던 비룡의 두 눈이 번쩍 뜨여졌다.

뭔가 이질적인 기운이 그의 잠을 깨운 것이다.

푸릉–?

거대한 몸을 일으킨 비룡이 주변을 두리번거렸다.

지금까지 느껴본 적 없었던 이질적이고 강렬한 느낌.

분명 '주인님'이 아닌 누군가가 이 정원에 나타난 것이었다.

한차례 몸을 털어 낸 비룡은, 힘차게 땅을 박차고 날아올랐다.

쏴아아ー!

비룡이 파란 하늘로 날아오르자, 그의 거대한 몸체가 완벽히 푸른 빛깔로 물들었다.

누군가 보았더라면 입이 쩍 벌어질 정도로 아름다운 비룡의 자태.

그는 커다란 날개를 펼쳐 마탑을 향해 날기 시작했다.

비룡에게는 맛있는 밥도 잘 주고 재밌게 놀아 주기도 하는 '주인님'을 지켜야 할 사명이 있었다.

차원의 마탑의 뒤쪽에는 그리퍼의 몬스터 사육장이 있다.

일전에 이안이 고대 아르노빌 제국에서 가져와 복원시킨, 고대 몬스터들의 교배를 위해 만들었던 사육장.

그리퍼는 그 사육장을 아직까지 운영하고 있었던 것이다.

할리칸에게 먹이를 주던 그리퍼가 이안을 발견하고는, 무척이나 반갑게 맞았다.

"아니, 이게 누구야? 차원 전쟁의 영웅 이안 대공 아닌가! 이 누추한 곳까지 행차하시다니, 이거 황송하구먼그래."

점잖은 외견과 어울리지 않게 호들갑을 떠는 그리퍼를 보며, 이안이 피식 웃었다.

그리퍼와의 친밀도는 최대치까지 찍은 지 오래였으니, 이러한 반응은 사실 당연한 것이었다.

"하하, 이안 대공이라뇨. 저 이제 대공 아닙니다."

이안의 말에 그리퍼가 주름진 눈을 크게 뜨며 되물었다.

"어허, 그럼? 건국이라도 해서 왕좌라도 얻은 겐가?"

이안이 씨익 웃으며 대꾸했다.

"빙고. 정확하시네요. 돗자리 펴셔도 되겠습니다."

그리퍼는 살짝 놀란 표정이 되었지만, 크게 동요하지도 않았다.

"헐헐, 제국이 망하고 나니 결국 그렇게 되었구먼."

"어쩌다 보니 그리되었습니다."

그리퍼는 헛웃음을 지었다.

그리고 아련한 표정으로 이안을 응시했다.

"처음 자네를 만났을 땐 이안 남작이었던 것으로 기억하는데, 자넨 정말 대단하단 말이지, 허허."

굳이 정확하게 따지자면, 그리퍼의 신분은 평민이나 다름 없었다.

과거에 제국으로부터 귀족 작위를 받기는 하였으나, 이미 제국이 멸망했기 때문에 무효화된 것이다.

하지만 그리퍼는 이미 일반적인 인간의 범주에 들어 있는 인물이 아니었다.

차원의 중재자라는 중임을 맡고 있는 그에게 속세의 지위는 아무 의미가 없었다.

그렇기에 그는 이안이 왕위에 올랐다는 말을 들었음에도 스스럼없이 대할 수 있는 것이다.

"그건 그렇고, 어쩐 일로 이 늙은이를 다 찾은 겐가? 자네같이 바쁜 사람이 아무 이유 없이 이곳에 찾아오지는 않았을 테고."

이안은 고개를 끄덕이며 용건을 이야기하기 시작했다.

그리퍼가 이렇게 운을 띄워 주니, 말을 이어 가기가 더욱 편했다.

"아, 다름이 아니라 그리퍼 님, 혹시 예전에 제가 드렸던 붉은 마수의 알 기억하십니까?"

이안의 물음에 그리퍼는 잠시 생각하더니 웃으며 고개를 끄덕였다.

"물론. 그 알을 어찌 잊을 수 있겠는가. 당연히 기억한다네."

그 대답을 들은 이안은, 한차례 침을 꿀꺽 삼킨 뒤 다시 입을 열었다.

"그렇다면 혹시…… 그 알말입니다. 부화시키는 데 성공하셨습니까?"

질문을 던진 이안의 시선은, 그리퍼의 주름진 입에 고정되었다.

그의 대답여하에 따라 오랜 숙원이 이루어질 수도 있었으니, 이안이 긴장한 것은 당연했다.

그런데 그리퍼는 그에 대한 대답을 하는 대신 피식 웃으며 손가락으로 어딘가를 가리켰다.

"마침 저기 오는구먼."

"예?"

"자네, 알을 찾지 않았나."

"그랬지요."

그리퍼가 피식 웃으며 다시 입을 열었다.

"자네가 준 그 알이 저쪽에서 날아오고 있다네."

"……?"

이해할 수 없는 이야기에 이안은 당황한 표정이 되었지만, 일단 그리퍼가 가리킨 방향을 향해 시선을 돌렸다.

그리고 두 눈이 휘둥그레질 수밖에 없었다.

그리퍼가 가리킨 하늘에는 눈부시도록 아름다운 하늘빛의 드래곤 한 마리가 날아오고 있었기 때문이었다.

게다가 더욱 놀라운 것은, 처음 보는 드래곤임이 분명한데도 생김새가 어디서 많이 본 듯한 느낌이라는 것이었다.

이안은 멀찍이 날아오는 드래곤에 안력을 집중시켜, 머리 위에 떠올라 있는 정보를 확인하였다.

─셀리파 : Lv. 125

"셀……리파?"

이안의 중얼거림에, 그리퍼가 경쾌한 목소리로 대꾸했다.

"오, 녀석을 알아보는 사람이 있을 줄이야! 역시 대륙 최고의 소환술사인 자네는 뭔가 다르군!"

하지만 지금 이안에게는 그리퍼의 목소리가 전혀 귀에 들어오지 않았다.

조금씩 다가올수록 더욱 익숙해지는 드래곤의 외모, 그리고 무척이나 익숙한 셀리파라는 이름의 어감.

이안은 셀리파의 외형을 어디서 봤는지 결국 기억해 낼 수 있었다.

'칼리파! 마룡 칼리파랑 완전 똑같이 생겼잖아? 비늘 질감이랑 색상만 다르지 완전 판박이야!'

사실 이름까지도 대놓고 비슷했으니, 이안이 알아보지 못하는 것이 오히려 이상할 정도였다.

칼리파와 다른 것이라곤, 검붉고 투박했던 비늘의 질감이 마치 유리 거울같이 반짝이는 질감으로 변했다는 것뿐이었다.

이안이 떨리는 목소리로 그리퍼에게 물었다.

"저 녀석이 제가 드렸던 그 알에서 나온 녀석이라는 거죠?"

이안의 타는 속을 아는지 모르는지, 그리퍼는 푸근한 표정으로 고개를 끄덕이며 자랑을 늘어놓기 시작했다.

"그렇다네. 자네 덕분에 저렇게 아름다운 마수도 얻어서, 이 구석진 마탑에 틀어박혀 있어도 심심하지가 않다네. 가끔

내가 키우는 몬스터들을 잡아먹어서 골치가 아프기는 하네만, 요즘은 말귀도 제법 잘 알아듣게 되어서 그런 일이 없어."

점점 배가 아파오기 시작하는 이안!

이안은 불길한 예감을 애써 무시하며 그리퍼를 향해 다시 물었다.

"혹시 저 녀석, 등급은 무슨 등급이던가요?"

그리고 그리퍼는 대수롭지 않다는 표정으로 껄껄 웃으며 대답했다.

"허허, 자네가 내게 준 알이니, 대충은 짐작하고 있을 것 같네만……."

쿵–!

어느새 그리퍼의 옆으로 날아온 셀리파는 경계하는 눈빛으로 이안을 노려보았다.

푸릉– 푸르릉–!

그리퍼는 푸근한 표정으로 셀리파의 머리를 쓰다듬으며 말을 이었다.

"우리 셀리파는 무려 신화 등급의 마수라네."

대답을 들은 이안은, 거의 울 것 같은 표정이 되고 말았다.

차원 전쟁의 최종 보스이자, 지금까지 등장했던 그 어떤 보스몬스터 중에서도 가장 강력했던 존재인 마룡 칼리파.

칼리파는 아니지만 마치 쌍둥이 같이 생긴 신화 등급 마수의 등장은 정말 충격적인 것이었다.

물론 칼리파는 메인 스토리가 진행되면서 그에 맞춰 등장한 보스 몬스터이기 때문에 일반적인 신화 등급 마수와는 그 격이 다르다.

저 셀리파가 칼리파의 쌍둥이격 몬스터라 하여도, 절대 칼리파와 같은 강력함은 가질 수 없다는 말이다.

그럼에도 불구하고 저 아름다운 자태는 이안을 홀리기에 충분했다.

하물며 과거에 이안의 품 안에 있던 알이, 저런 엄청난 녀석을 품고 있던 알이었다니.

'크윽, 배, 배가 아파, 흑흑.'

사실 과거로 돌아가 다시 그 상황이 되더라도, 이안은 차원 마력 충전기와 셀리파의 알을 교환할 것이었다.

차원 마력 충전기로 인해 얻은 이득이, 신화 등급 마수와도 비교하기 힘들 정도로 엄청난 것들이었으니까.

하지만 그럼에도 불구하고 속이 쓰린 것은 어쩔 수 없었다.

"마수가 참…… 예쁘네요."

"허허, 그렇지?"

푸근한 웃음을 짓는 그리퍼를 보며 이안은 오늘따라 그가 얄밉게 느껴진다고 생각했다.

이안이 애처로운 눈빛으로 그리퍼를 향해 입을 열었다.

"그리퍼⋯⋯."

"음? 왜 그러시는가."

이안은 미련이 듬뿍 담긴 목소리로 말을 이었다.

"셀리파 정보 창 좀 공유해 주실 수 있어요?"

정보 창을 보면 더 배가 아파질 것 같긴 했지만, 그래도 신화 등급 마수의 정보 창은 궁금할 수밖에 없었다.

그리고 그리퍼는 흔쾌히 고개를 끄덕였다.

"뭐, 그 정도야 어려울 것 없지. 그렇지 않아도 탐구심이 뛰어난 자네라면, 분명 궁금해할 것이라고 생각했다네."

이어서 이안의 눈앞에, 셀리파의 정보 창이 곧바로 공유되었다.

-차원의 마도사 '그리퍼'가 자신의 마수 정보를 공유합니다.

그리고 이안은, 떠오른 정보 창을 정신없이 읽어 내려가기 시작했다.

'레벨이 125에 공격력이 3,274 방어력 2,188. 민첩은 1,256이고 지능은 1,975라.'

일단 기본 전투 능력치를 빠르게 메모한 이안은, 줄줄이 나열되어 있는 고유 능력들도 감상했다.

'으음, 서포팅 계열 고유 능력들이 대부분이네. 역시 드래곤이라 브레스는 장착되어 있고, 계수도 어마어마하군.'

보면 볼수록 입맛을 다시게 되는 셀리파였다.

하지만 잠시 후, 이안은 기겁하고 말았다.

셀리파의 능력치로 성장치를 계산해 보니, 생각지도 못한 결과가 나왔기 때문이었다.

'뭐야? 성장치가 왜 이렇게 낮아? 전설 등급인 라이나 빡빡이보다도 나쁘잖아?'

성장치란, 소환수나 마수가 1레벨 업당 성장하는 전투 능력치를 평균 낸 수치를 의미했다.

예를 들어 성장치가 50이라면, 레벨이 한 계단 오를 때마다 상승하는 네 가지 전투 능력치 합이 평균적으로 50이라는 말이었다.

현재 이안이 보유하고 있는 전설 등급 소환수들의 성장치는 거의 70을 전후하는 수준.

심지어 신화 등급인 카르세우스나 뿍뿍이의 성장치는 90이 훌쩍 넘건만, 셀리파의 성장치는 60을 겨우 넘는 수준이었으니 당황한 것이었다.

'뭐지? 무늬만 신화 등급인 반푼이였던 건가? 그럴 리가 없을 텐데.'

생각지도 못한 결과에, 이안은 적잖이 당황했다.

하지만 계산기를 좀 더 두들겨 보자 금방 그 이유에 대해 깨달을 수 있었다.

'잠재력! 잠재력 문제였어. 그리퍼 이 할배가 훈련도 안 시키고 막 키워 버렸던 거야! 아니지. 키웠다고 하기도 민망하

군. 이 정도면 훈련 문제가 아니라 거의 방목 수준인데?'

훈련 스킬이나 조련소를 이용하지 않더라도, 기본적으로 소환술사가 데리고 다니며 전투하는 것만으로도 소환수의 잠재력은 조금씩 오르게 된다.

하지만 지금 이 셀리파의 경우, 125레벨이 될 때까지 '알아서' 성장한 게 분명했다.

야생의 몬스터나 마수들처럼, 그냥 주변 몬스터들을 잡아먹으면서 레벨 업을 한 것이다.

사람으로 따지면 IQ 160이 넘는 천재를 데려다가 전교 꼴등으로 키운 격이랄까.

이안의 입에서 절로 한숨이 새어 나왔다.

"휘유……."

덕분에 셀리파에 대한 미련은 사라졌으나, '테이밍 마스터'로서 이 현실이 너무도 안타까웠다.

이안의 시선이 다시 그리퍼를 향했다.

조금 전과는 다른, 뭔가 아련한 눈빛이었다.

"그리퍼 님, 얘 왜 이렇게 모질이로 키우셨어요?"

이안의 꾸지람에 그리퍼는 두 눈을 동그랗게 뜨며 되물었다.

"으음? 모질이라니? 우리 셀리파에게 문제라도 있는 겐가?"

옆에 앉아 있던 셀리파도 불만을 표했다.

푸릉- 푸르릉!

그에 이안은 고개를 절레절레 저으며 그리퍼에게 다가갔다.

그리고 그의 손을 잡아끌었다.

"그리퍼 님, 이쪽으로 와 보시죠."

"음?"

"제가 원래 이러려고 온 건 아닌데, 강의를 좀 해 드려야겠습니다."

"강의라니? 무슨 강의 말인가."

"와 보시면 압니다."

그리퍼를 차원의 마탑 안으로 끌고 들어간 이안.

그렇게 이안 교수님의 강의가 시작되었다.

"오오! 오오옷!"

"그러니까 잠재력은……."

"크으, 이럴 수가!"

"이럴 때는 이렇게……."

"자네, 역시 대단하구먼!"

성장치와 잠재력의 상관관계부터 시작된 이안의 강의는, 끝날 줄 모르고 계속되었다.

등급 별 성장치 차이, 전투 방식에 따른 전투 능력치 상승

효과 등.

이안의 입에선 쉴 새 없이 전문 지식들이 쏟아져 나왔다.

소환술사가 아닌 이상에야 충분히 지루할 수 있을 만한 내용임에도 불구하고, 그리퍼의 두 눈은 시종일관 초롱초롱 했다.

"대단해, 대단하다고! 몬스터를 육성하는 데도 이런 심오한 학문이 있었다니!"

태생이 학자인 그리퍼로서는 이안의 몬스터 육성학이 무척이나 흥미로웠던 것이다.

흥분한 표정으로 아예 필기까지 하고 있는 그리퍼를 보며 이안이 한숨을 푹 쉬었다.

"그러니까 지금부터라도 잘 키우시라고요. 저 엄청난 녀석을 이렇게 키워 놓으시면 어떡합니까. 뭐, 벌써 125레벨이나 되어서 이미 성장치 손해가 어마어마하겠지만 말이죠."

이안의 핀잔에 그리퍼가 호탕하게 웃었다.

"크하핫, 이제라도 알았으니 다시 키우면 되지 않겠는가. 처음부터 다시 키우면 되는 것을. 내 자네에게 배운 것을 차근차근 실행하여 멋들어지게 한번 키워 보겠네."

"에?"

그리퍼의 말에 이안은 어안이 벙벙한 표정이 되었다.

그의 말을 이해할 수 없었기 때문이었다.

"처음부터 다시 키운다니, 어떻게 말이죠?"

그리퍼의 말이 다시 이어졌다.

"말 그대로일세. 레벨 1부터 다시 키우면 되지 않겠냐는 말이지."

"어떻게요?"

"내가 오래 전, 재미 삼아 만들어 놓은 아이템이 있거든."

돌연 연구실 구석을 뒤적인 그리퍼는 마치 알약같이 생긴 캡슐 하나를 가지고 나타났다.

그리고 아이템의 정보를 이안에게 공유해 보여 주었다.

"자, 보시게."

회귀의 알약

분류 : 잡화   등급 : 영웅

고대의 연금술을 통해 만들어진 비약.
비약을 삼키면, 대상의 상태가 처음 생성된 시점으로 회귀하게 됩니다.
획득한 스킬이 있다면 전부 사라지게 되며, 레벨은 1로 돌아가게 됩니다.
*인간, 혹은 인간형 종족은 사용할 수 없습니다.

아이템 정보를 확인한 이안의 눈이 휘둥그레졌다.

"이런 아이템은 대체 왜 만드셨던 겁니까?"

"음……. 건방진 몬스터가 보이면 먹여 주려고 만들었던 것 같기도 하고……."

"……."

순간 이안의 등줄기를 타고 식은땀이 흘러내렸다.

건방짐의 결정체인 뿍뿍이가 생각난 것이다.

'그리퍼 앞에서 뿍뿍이를 소환해 놓지 않길 잘했어.'

뿍뿍이가 저 아이템을 먹기라도 했다면, 정말 끔찍한 대참사가 벌어지게 된다.

힘들여 신화 등급까지 진화시켜 놓은 것이 완벽히 도루묵이 되는 것이다.

그야말로 무시무시한 아이템이었다.

하지만 동시에, 언젠가 쓸 일이 있을 것만 같은 아이템이기도 했다.

'언젠가 탐나는 야생의 몬스터를 발견하면, 포획해서 저걸먹여야겠어.'

일반 유저라면 레벨이 아까워서 1레벨로 회귀시킬 생각을 하지 않겠지만, 완벽주의자인 이안에게는 가능한 발상이었다.

어쨌든 그리퍼에게 강의를 마친 이안은 슬슬 본론에 들어가기로 했다.

오랜만에 차원의 마탑을 찾아올 수밖에 없었던 바로 그 이유.

"그리퍼, 부탁이 하나 있습니다."

"부탁? 한번 말해 보시게. 내가 들어줄 수 있는 것이라면 들어줄 테니 말일세. 이런 흥미로운 강의를 들었으니, 나도 그에 대한 보답을 해야지."

그리퍼의 적극적인 대답에 이안의 표정이 살짝 밝아졌다.

의도한 것은 아니었지만, 장황하게 소환수 강의를 한 덕에 일이 쉽게 풀리는 듯했기 때문이었다.

이안의 입이 다시 천천히 열렸다.

"다른 게 아니고, 셀리파 말입니다. 어떻게 부화시키셨는지, 그 방법이 궁금합니다."

"아니, 대체 샬리언을 어떻게 죽이란 말이야? 그리고 SSSSS 난이도는 대체 뭔데? 쿼드라S도 넘어서 펜타S?"

지하 뇌옥에서 훈이에게 주어졌던 듀얼 퀘스트.

유저의 선택에 따라 방향성이 달라지는 듀얼 퀘스트에서 훈이가 선택한 것은, 샬리언의 제안을 거부하는 것이었다.

눈앞에 있던 샬리언의 영혼을 파괴해 버린 것이다.

그리고 훈이에게 있어서 이 선택은, 너무도 당연한 것이었다.

'사령의 군주'라는 클래스 자체가 '리치 메이지'보다 끌리기도 했지만, 무엇보다 샬리언의 제안을 수락하는 순간 이안과 대척점에 서야 한다는 것이 문제였다.

'그 형을 상대하느니 차라리 리치 킹을 잡겠어.'

이번 히든 에피소드에서 자신의 영혼을 컨트롤하는 이안을 관전하면서, 그가 더욱 두려워진 것이다.

컨트롤도 컨트롤이었지만, 그 짧은 시간에 자신의 배신을 알아차린 심계는 정말 소름이 돋을 정도였다.

그래서 훈이는 망설임 없이 트리플S 난이도를 선택하여 샬리언의 분신을 처치했다.

트리플 S의 난이도답게, 분신의 힘은 강력했지만, 훈이의 힘으로 충분히 상대할 만한 수준이었던 것이다.

하지만 문제는 그 다음이었다.

샬리언의 분신을 처치하고 생성된 퀘스트인 '사령의 군주 전직 퀘스트'.

정말로 리치 킹 샬리언을 잡아야 하는 퀘스트가 생성되어 버린 것이었다.

이안을 상대하느니 차라리 리치 킹을 잡겠다던 훈이였지만, 막상 샬리언을 소멸시키라는 퀘스트가 정말로 생성되자 난감해질 수밖에 없었다.

훈이는 마계에서 이미 샬리언의 본체를 대면한 적이 있었고, 그때 보았던 리치 킹 샬리언의 레벨은 무려 500이었기 때문이었다.

'후, 그때 그냥 도망치라던 퀘스트도 난이도가 트리플S였던 것 같은데.'

'사령의 탑 탈출' 퀘스트에서 이안과 함께 정신없이 샬리언으로부터 도망쳤던 기억이 있는 훈이.

레벨 500짜리 몬스터를 심지어 일반 몬스터도 아닌 보스 몬스터를 대체 어떻게 잡아야 할지 감도 오지 않았다.

펜타S라는 난이도도 부족해 보일 지경이었다.

훈이는 다시 한 번 퀘스트 창을 열어 내용을 꼼꼼히 살폈다.

혹시 그 안에 단서가 있을지도 모른다는 생각에서였다.

리치 킹 샬리언의 야욕 저지 (히든)

리치 킹 샬리언은, 인간계를 어둠으로 물들여 어둠의 제국을 건설하려는 야욕을 가지고 있다.

이미 사死한 영혼뿐 아니라, 살아 있는 생령들까지 전부 언데드로 만들어 자신의 영혼력을 키우려는 것이다.

수많은 영혼들을 흡수해 무한한 어둠의 힘을 얻고, 그것을 바탕으로 영생을 얻으려는 것이 그의 일차 목적이며, 나아가 신적인 존재가 되고자 하는 것이 그의 이차적인 목표.

그러나 이는 인간계의 조화와 균형을 수호하는 다섯 신들의 뜻에 위배되는 것이며, 나아가 어둠의 군주였던 임모탈의 뜻에 반하는 행동이다.

사후세계와 인간계의 균형이 무너지지 않아야, 오래도록 공생할 수 있다는 것이 어둠의 군주의 뜻.

만약 당신이 샬리언을 처치하여 그 야욕을 저지하는 데 성공한다면, 당신은 임모탈의 남은 모든 힘을 계승하여 비로소 어둠의 군주가 될 수 있을 것이다.

리치 킹 샬리언을 처치하고, 임모탈의 뜻을 계승하도록 하자.

퀘스트 난이도 : SSSSS

퀘스트 조건 : 350레벨 이상의 흑마법사.

리치 킹 샬리언의 영혼 조각 처치.

임모탈의 능력을 계승 중인 유저.

제한 시간 : 60일

보상 : '어둠의 군주'로의 전직

"흐음, 대체 어떻게 해야 할지 감도 안 잡히네."

한 번만 읽어도 이해는 되는 퀘스트 내용이었으나, 여러 번 읽어도 해답이 보이지 않는 게 문제였다.

제한 시간이라도 없다면 언젠가 더욱 강해진 뒤 도전해 보기라도 하겠는데, 두 달 만에 100레벨 이상을 올리는 것은 무슨 짓을 해도 불가능했다.

"으, 그냥 리치 메이지 전직퀘나 선택할 걸 그랬나? 운 좋으면 이안 형이랑 안 부딪치고도 클리어할 수 있는 퀘스트였을지도 모르는데……."

훈이는 한숨을 푹푹 내쉬며 퀘스트 창을 응시했다.

그때 문득 훈이의 눈에 들어온 한 줄의 문장이 있었다.

–인간계의 조화와 균형을 수호하는 다섯 신들의 뜻에 위배되는 것.

'가만, 다섯 신들의 뜻에 위배되는 일이라고?'

훈이의 두 눈이 고정되었다.

어쩐지 이 문장이 해결책을 담고 있는 것 같았다.

"셀리파를 부화시킨 방법…… 말인가?"

"그렇습니다."

"오호, 그게 왜 궁금한 거지? 설마 같은 알을 하나 더 구하기라도 한 겐가?"

이안의 질문에 눈을 반짝이는 그리퍼였다.

이안은 고개를 저으며 다시 입을 열었다.

"같은 알은 아니고요, 제게 전설의 마수 알이 몇 개 있는데, 아무리 노력해 봐도 부화할 기미가 보이지를 않아서요. 셀리파를 부화시킨 방법이라면 혹시 제 알도 부화시킬 수 있지 않을까 해서……."

"흐음, 그렇군."

헛기침을 한 번 한 그리퍼는 수염을 쓰다듬으며 천천히 입을 열었다.

"하지만 셀리파를 부화시킨 방법을 안다고 해서, 그 알을 부화시킬 수는 없을 걸세."

단정 짓듯 딱 잘라서 말하는 그리퍼를 보며, 이안의 두 눈이 살짝 커졌다.

"예에?"

그리퍼가 의자에 비스듬히 몸을 기대며 말을 이었다.

"전설 등급 마수의 알이라고 하지 않았나."

"그렇죠."

"내가 알기로 전설 등급 이상인 모든 마수의 알은, 제각각 다른 부화 방법을 가지고 있거든."

"……!"

그리퍼의 말을 들은 이안은, 실망할 수밖에 없었다.

다 잡은 고기를 놓친 기분이랄까.

하지만 실망도 잠시.

이안의 눈이 다시 반짝이기 시작했다.

'전설 등급 마수 알의 부화방법이 제각각 다르다는 걸 알고 있었다는 건, 생각보다 마수에 대한 그리퍼의 지식이 더 박식할 수도 있다는 거잖아?'

그리고 이안이 생각을 떠올리기가 무섭게 그리퍼가 다시 입을 열었다.

"혹시 그 알이 어떤 전설의 마수 알인지 알고 있는가? 어떤 마수의 알인지 알고 있다면, 내가 도움을 줄 수도 있는데 말이지."

그리퍼의 말을 들은 이안의 얼굴에 곧바로 화색이 돌았다.

이안은 재빨리 대답했다.

"전설의 마수, 베히모스의 알입니다. 베히모스를 처치하고 얻은 알이니, 90퍼센트 이상의 확률로 맞을 거라고 생각해요."

"흐음, 베히모스라……."

그리퍼는 잠시 턱을 만지작거리더니, 자리에서 천천히 일어나 이안에게 손짓했다.

"이쪽으로 와 보시게, 이안. 오랜만에 한번 고문서들을 뒤져 봐야겠어."

이안은, 자리에서 벌떡 일어나 그리퍼의 뒤를 따랐다.

마탑 구석진 곳에 있는 먼지 쌓인 골방.

그 안에서도 무척이나 구석에 있는 낡은 서적을 꺼내 든 그리퍼가 책장을 넘기며 흥미로운 목소리로 중얼거렸다.

"베히모스. 어디서 많이 들어 본 이름이다 했더니, 태초의 마수 중 하나의 이름이었군."

그리고 처음 듣는 '태초의 마수'라는 말에 이안의 눈이 살짝 커졌다.

"태초의 마수요? 그게 뭐죠?"

그리퍼가 설명을 시작했다.

"현재 마계에는 그 종류를 전부 세기도 힘들 정도로 수많은 종의 마수가 있다네. 자네도 마계에 가 봤으니 알겠지만 말이야."

"아무래도 그렇죠?"

"그리고 아마 자네를 포함한 대부분의 사람들은, 그 마수들이 전부 창조신에 의해 창조된 피조물들이라 알고 있을 테지."

이안은 완전히 처음 듣는 얘기였지만, 우선 고개를 주억거렸다.

"뭐, 일단은 그렇다고 해 두죠."

그리퍼의 설명은 계속해서 이어졌다.

"하지만 사실 그렇지 않다네. 그 수많은 종의 마수들 중에서도, 창조신이 직접 창조한 마수는 채 스무 종이 되지 않거든."

"그럼 나머지는……?"

"마수들끼리의 이종 교배에 의해 탄생한, 쉽게 말해 신의 직접적인 창조에 의해서가 아닌, 자연적으로 생겨난 종들이라고 할 수 있겠지."

그리퍼의 이야기는 제법 길었지만 무척이나 흥미로운 내용을 담고 있었다.

덕분에 이안은 집중해서 이야기를 들을 수 있었다.

"뭐, 마수들의 기원에 대해서는 이쯤 얘기하기로 하고, 이제 본론으로 들어가야겠군."

이안은 더욱 귀를 쫑긋 세웠고, 그리퍼의 목소리가 낮게 깔리기 시작했다.

"마신이 태초에 베히모스를 창조할 때, 함께 창조한 두 종의 마수가 더 있다네."

그리퍼는 말을 하며, 오른손을 허공에 휘저었다.

그러자 놀랍게도, 그 자리에 마치 홀로그램처럼 영상이 떠올랐다.

이안에게 무척이나 익숙한 한 마리의 마수와 완전히 처음 보는 다른 두 종류의 마수.

세 마리의 마수가 영상 속에 떠올라 이안을 노려보고 있었다.

그 기세에, 이안은 살짝 움찔했다.

'아오, 깜짝이야.'

이안이 놀라건 말건, 그리퍼의 이야기는 계속되었다.

"태초의 마수들은 각각 상징성을 담고 있는데, 이 세 마리는

형제 격이라 할 수 있는 마수들로, 각각 대지, 바다, 하늘을 상
징하지. 그중 베히모스가 담고 있는 상징성은 대지라네."

그에 이안이 고개를 주억거리며 중얼거렸다.

"대지라……. 생각해 보면 확실히 그런 느낌이었던 것 같
기도 하네요."

지축이 흔들리는 듯한 이펙트를 가지고 있던, 베히모스의
고유 능력인 진동파.

거기에 바위같이 단단했던 녀석의 표피를 생각하면 대지
를 상징하는 마수라는 이야기가 충분히 수긍이 되었다.

그리퍼는 나머지 두 마수에 대해서도 설명을 해 주었다.

"저기 보이는 저 머리 일곱 개의 수룡같이 생긴 녀석은 레
비아탄인데, 녀석이 가지고 있는 상징성은 바다. 마해魔海를
상징하는 녀석이며……."

잠시 숨을 고른 그리퍼가 하늘에 떠 있는 그리핀을 닮은
녀석을 가리켰다.

"마지막으로 저 마수는 '지즈'라는 이름을 가지고 있고, 짐
작했겠지만 마계의 하늘을 상징하는 녀석이지."

베히모스와 관련된 마수 설화는 무척이나 흥미로웠고, 그
와 비례해서 이안의 기대감도 올라갔다.

단지 전설의 마수인 줄로만 알았던 베히모스가 생각보다
더 특별한 녀석이었던 것이다.

'막 이렇게 장황하게 설명해 놓고 설마 부화시킬 방법이

없다거나 하는 건 아니겠지?'

갑자기 떠오른 불안감을 애써 눌러 삼킨 이안은 문득 궁금증이 생겨 그리퍼에게 물어봤다.

"그런데 그리퍼."

"음……?"

"제가 마계를 제법 돌아다녀 봤지만, 마계에서 바다는 본 적이 없거든요. 마해라는 곳은 마계 몇 구역에 있는 곳인가요?"

이안의 궁금증은 사실 당연한 것이었다.

처음 마계에 진입했을 때 들어갔던 127구역부터 시작해서 13층까지, 무려 100개 지역이 넘는 마계를 들쑤시고 다닌 이안이었는데도 그 와중에 단 한 번도 '바다'라고 할 만한 맵을 본 적이 없었던 것이다.

그리퍼가 웃으며 고개를 끄덕였다.

"자네가 마해를 본 적이 없는 것은, 사실 당연하다네. 마계의 바다는 우리 인간이 알고 있는 바다와 다른 개념을 가지고 있으니까 말일세."

"다른 개념이라면……."

"마계의 바다는 마계의 수많은 구역들이 담겨 있는 거대한 하나의 그릇. '마계'라는 차원계 그 자체를 의미하니까 말이지."

"으음?"

이안은 의아한 표정이 되었고, 그런 그를 보며 그리퍼가 실소를 머금었다.

"후후, 아마 언젠간 이해하게 되는 날이 올 것이니 그런 표정 지을 것 없네."

"뭐, 알겠습니다. 사실 지금 중요한 건 베히모스의 알을 부화시키는 거니까요."

"그래, 이제 그 방법에 대해 여기 고서에 쓰여 있는 내용을 알려 주도록 하지."

이 모든 이야기의 본론이자 가장 중요한, 베히모스 부화에 대한 이야기가 드디어 시작되었다.

결론부터 얘기하자면, 다행히 베히모스를 부화시키는 것은 불가능한 일이 아니었다.

단지 거기에 몇 가지 준비물이 필요할 뿐.

그리고 그 준비물은, 크게 두 가지로 나뉜다고 할 수 있었다.

첫째가 바로, 극렬한 열기를 가지고 있다는 마계의 불씨인 '극마염極魔炎'.

그리퍼의 설명에 의하면, '극마염'은 모든 전설등급 이상의 마수 알을 부화시키기 위해 필수적인 요소였다.

일반적인 마수의 알들은 기본적인 마염魔炎만을 가지고도

충분한 마기를 느껴 부화하지만, 전설 등급의 마수들에게는 더욱 강한 마기와 열기가 필요했던 것이다.

또한 이 극마염은, 마신의 제단에 마기를 공양하는 것으로 어렵지 않게 얻을 수 있다고 했다.

이어서 둘째로 필요한 것은, 베히모스의 영혼마력靈魂魔力이 봉인된 봉인석이었다.

이 조건이 바로 베히모스만이 가진 특별한 부화 조건이라 할 수 있는데, 사실상 이 조건이 무척이나 까다롭다고 볼 수 있다.

"베히모스의 새끼는, 알을 깨고 나오기 위해 어미의 영혼 마력을 흡수해야만 한다고 여기 쓰여 있군. 하지만 아마도 자네가 가진 알들의 어미는 이미 자네의 손에 죽었겠지."

"그, 그렇죠?"

"그래서 필요한 게 이 봉인석일세."

이안은 그리퍼로부터 '영혼 마력 봉인석'이라는 아이템을 건네받았고, 아이템 정보를 확인해 보았다.

영혼 마력 봉인석

분류 : 잡화　　　　　　**등급 : 영웅**

차원의 마도사 그리퍼가 자신의 마도공학을 이용하여 만들어 낸 물건으로, 특정 몬스터의 영혼을 봉인할 수 있는 아티펙트이다.

만약 몬스터의 영혼이 봉인되어 있는 봉인석을 가공하면, 해당 몬스터의 영혼석을 획득할 수 있다.

그리고 아이템 정보 창을 확인한 이안의 두 눈에 이채가 어렸다.

'오호, 이거 그냥 이 아이템 자체로도 제법 쓸모가 있겠는데?'

최소 30개에서 최대 100개나 되는 영혼석을 추출할 수 있는 봉인석.

마수를 처치했을 때 많아 봐야 10개 전후의 영혼석이 드롭되는 것을 생각한다면, 충분히 유용하게 쓰일 수 있는 아티팩트임이 분명했다.

어쨌든 봉인석을 받아 든 이안은 조심스레 인벤토리 안으로 집어넣었고, 그리퍼의 말이 다시 이어졌다.

"이 봉인석에 베히모스의 영혼을 담아 오시게. 그럼 알을 부화시킬 수 있을 게야."

이제 다 되었다는 듯, 씨익 웃으며 말하는 그리퍼였다.

하지만 아직 문제가 하나 남아 있었다. 그것도 아주 치명적인 문제가.

"한데…… 베히모스의 영혼은 어떻게 담아야 하는 건가요?"

이안의 질문에 그리퍼가 대수롭지 않은 듯 대답했다.

"그거야 간단해. 베히모스를 사냥한 뒤, 그 사체에 대고 봉인석을 발동시키면 알아서 영혼마력이 추출될 걸세. 대신 죽은 지 1분이 지나지 않은 사체여야만 하네."

그렇다면 문제가 해결되었을까?

결코 그렇지 않았다.

애초에 마계에서 베히모스를 찾을 수 있었다면, 굳이 알을 부화시키려 할 필요도 없었을 테니까.

힘들더라도 베히모스를 지속적으로 사냥해서, 영혼석을 모아 만들어 냈을 것이다.

이안의 표정은 더욱 사색이 되었다.

"마계를 아무리 뒤져 봐도 베히모스가 없으면. 그럼 어떻게 해야 하죠?"

그리고 이안의 그 물음에 그리퍼의 표정이 처음으로 움찔했다.

"으음, 태초의 마수가 희귀한 개체이기는 하지만, 아예 없지는 않을 텐데?"

"……아예 없다고 가정하면, 방법이 없을까요?"

그에 그리퍼는 잠시 눈을 감고 생각에 잠겼다.

이안은 초조한 표정으로 그의 대답을 기다렸고, 잠시 후 그리퍼의 주름진 두 눈이 천천히 뜨였다.

"방법이 하나 있긴 하군."

"어, 어떤 방법이죠?"

이안은 반색하며 되물었고, 두 사람의 시선이 마주쳤다.

그리고 그리퍼의 말이 이어졌다.

"자네가 직접 명계冥界로 가서, 그곳을 떠돌고 있을 베히모스의 영혼을 찾는 것이지. 쉽게 말해, 저승에 있을 베히모스의 영혼을 그 봉인석에 담아 오면 되는 것일세."

이안은 그야말로 어처구니없다는 표정이 되고 말았다.

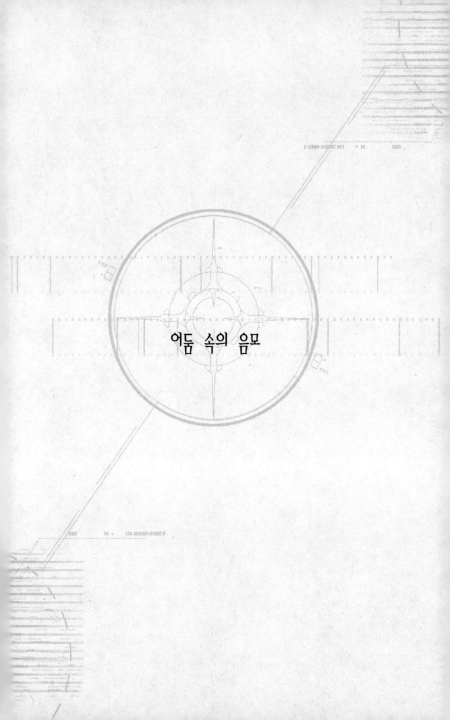

어둠 속의 음모

Taming Master

'명계라……. 존재하기는 하는 곳이겠지?'

그리퍼에게 해답 아닌 해답을 전해 들은 이안은, 차원의 마탑을 나와 영지로 향했다.

베히모스의 알을 부화시키는 방법은 알아내었으나 그 재료를 구할 방법이 없는 상황.

그리퍼조차도 명계라는 곳이 존재한다는 사실만 알 뿐, 어떻게 가는지는 알지 못했던 것이다.

단지 의미심장한 단서를 하나 전해 줬을 뿐이었다.

"흐음, 명계로 가는 방법이라……. 사실 나도 그 방법에 대해서는 잘 모른다네. 명계라는 곳이 존재하며 갈 방법도 분명히 있다는 사실만을 알고 있을 뿐이지. 분명히 고대에는 이승과 저승을 오갔던 이들이 있었다는 기록이 남아 있으니 말일세."

"그게 끝? 무슨 단서라도 없습니까?"

"아! 확실한 것은 아니네만, '사령의 군주'라면 그 방법을 알 수 있을지도 모르겠군. 하지만 사령의 군주를 찾는 것 보다는 마계에서 다른 베히모스를 찾는 게 더 빠를지도 모를 테지, 껄껄껄."

그리퍼와의 마지막 대화를 상기시킨 이안은 '사령의 군주' 라는 단어를 기억 속에서 열심히 찾아보았다.

하지만 아무리 기억을 뒤져 보아도 '사령의 군주'에 대한 기억은 전혀 떠오르는 게 없었다.

이안의 입에서 한숨이 살짝 새어 나왔다.

"후우, 뭔지도 모르는 걸 대체 어디서 찾으라는 거야?"

구시렁거리며 고개를 절레절레 젓는 이안.

그런데 그때, 이안의 뇌리에 문득 기억의 조각 하나가 빠르게 스쳐 지나갔다.

'그러고 보니…… 마계에서 리치 킹 샬리언의 봉인을 풀었던 곳 이름이 사령의 탑이었던 것 같은데?'

그러자 자연스레 생각이 확장되어 이어졌다.

'그렇다면 그 꼭대기에 봉인되어 있던 리치 킹이 혹시 그

리퍼가 말한 사령의 군주인 건가?'

100퍼센트 확신할 수는 없으나 제법 그럴싸한 추론이었다.

사령의 군주에 대한 단서를 찾기 위해서는, 결국 리치 킹 샬리언을 만나 봐야 할 것 같았다.

그리고 어딘가에 숨어 있을 샬리언을 만나기 위해서는 루이세이로부터 받은 연계 퀘스트를 진행해야 했다.

샬리언의 야욕에 희생되어 대륙 곳곳에 감금되어 있는 루스펠 제국의 충신들.

그들을 찾다 보면 결국 샬리언도 만날 수 있게 될 것이었다.

'으음, 차라리 잘되었네. 어차피 헬라임만큼은 무조건 찾아내려 했었는데.'

루스펠 제국의 황실기사단 단장이자, 카이자르와 비교해도 손색이 없을 정도로 뛰어난 전투형 NPC인 헬라임.

다른 NPC들은 몰라도, 헬라임만큼은 찾아서 가신으로 삼고 싶었다.

"웃차, 지금쯤이면 레미르 누나랑 유신이도 영지에 와 있을 테고…….."

이안과 함께 연계 퀘스트를 받은 레미르와 유신.

둘 외에 훈이도 퀘스트를 받았지만, 따로 할 일이 있는지 파티에 합류하지 않겠다는 메시지가 와 있었다.

훈이를 생각한 이안의 입에서 실소가 흘러나왔다.

"후후, 녀석 설마 삐진 건 아니겠지?"

뇌옥에서 어쩔 수 없이 훈이를 죽인 일이 아직도 미안한 이안은, 시야 한쪽 구석에서 천천히 깜빡이고 있는 작은 메시지 창을 슬쩍 응시했다.

－공유받을 수 있는 퀘스트가 있습니다.

'아마도' 뇌옥에서의 퀘스트를 훈이가 클리어하지 못했기 때문에 아직까지 메시지 창이 남아 있는 것이리라.

"뭐, 뒤끝 있는 녀석은 아니니까……."

걸음을 옮겨 어느새 영주 성 앞까지 도착한 이안은, 흥얼거리며 안으로 들어섰다.

"자, 나가 여왕의 비늘 개당 13,500골드! 쌉니다, 싸요! 시세보다 최소 1천 골드는 싼 값입니다요!"

"그리핀의 수호깃창 팝니다! 저렴하게 220만 골드에 모십니다!"

"홀루스 지하 던전 가시는 탱커 한 분 빠르게 구합니다! 레벨 230이상, 방어력 5천에 생명력 150만 이상이신 분으로 구해 봅니다!"

시장통을 연상케 하는 시끌벅적한 유저들의 외침.

로터스 왕국과 바로 인접해 있는 작은 도시인 케이튼 영지는 수많은 유저들로 북적이고 있었다.

케이튼 영지는 엘리카 왕국 소속의 백작령이었는데, 최근 들어 많은 유저들이 거점으로 삼기 시작했다.

로터스 왕국의 수도인 파이로 영지와 가까운 데다, 미개척 던전이 많이 발견되어 입소문을 탄 것이다.

게다가 유저 길드소속의 영지가 아닌, NPC가 영주로 있는 영지라는 것도 이 영지의 장점이었다.

소속 길드가 없더라도 작위를 받아 영지의 관료가 될 수 있고, 영주로부터 녹봉도 받을 수 있기 때문이었다.

설령 유저가 세운 왕국에 의해 영지가 점령당한다고 하더라도 상관없었다.

소속이 엘리카 왕국에서 해당 길드로 바뀌게 되는 것뿐, 이미 받은 작위가 사라지지는 않기 때문이었다.

그렇기에 오히려 이 케이튼 영지 소속의 귀족 유저들은 엘리카 왕국과 로터스 왕국이 전쟁을 일으키기를 바라기도 했다.

케이튼 영지가 로터스 소속이 된다면, 영지 소속의 귀족이었던 유저들은 자연히 로터스 길드의 길드원으로 편입되기 때문이었다.

물론 정예 길드원이 아닌 권한이 거의 없는 일반 길드원이겠지만, 그것만으로도 엄청난 메리트가 있었다.

로터스 길드는 몇 달째 부동의 길드 랭킹 1위인, 그야말로 꿈의 길드였으니까.

어쨌든 이러한 복합적인 이유 덕에, 하루가 다르게 유저들이 많아지고 있는 케이튼 영지였다.

이 케이튼 영지의 광장에 검정색 로브를 뒤집어 쓴 흑마법사 하나가 나타났다.

"으, 복잡해 죽겠네. 아니, 여기는 변방에 있는 작은 영지 주제에 사람이 왜 이렇게 많은 거야?"

연신 툴툴거리며 걸음을 옮기는 남자.

그는 다름 아닌 훈이였다.

"분명 이 광장 어딘가에 카데스 신의 신전이 있다고 들었는데…….."

훈이가 이 케이튼 영지에 나타난 것은 다른 이유가 아니었다.

지금 훈이는 '어둠의 신 카데스'의 신전을 찾고 있었고, 카데스 신전이 있는 가장 가까운 도시가 바로 이곳 케이튼 영지였기 때문이었다.

로터스 왕국의 국교는 전쟁의 신 마레스를 모시는 '마레스교'로 지정되어 있었다.

때문에 카데스교를 국교로 삼고 있는 엘리카 왕국의 영지로 올 수밖에 없었던 것이다.

처음 방문하는 도시인 데다 무척이나 번잡한 환경으로 인해 한참을 헤맨 훈이는, 결국 20여 분 만에 카데스 신전을 찾을 수 있었다.

쿠르릉— 쿵!

묵직한 진동음과 함께, 거대한 신전의 문이 닫혔다.

그리고 그와 동시에 신전 벽을 따라 보랏빛의 불길이 줄지어 피어올랐다.

어둠의 신인 카데스의 신전답게 내부는 무척이나 어두웠다.

검보랏빛으로 피어오르는 기이한 분위기의 불빛들이 앞을 겨우 볼 수 있을 정도의 조도를 만들어 주고 있을 뿐이었다.

저벅저벅.

고요한 신전의 한가운데, 훈이의 발소리만이 낮게 울려 퍼졌다.

그리고 잠시 후, 훈이의 앞으로 검은 그림자 하나가 다가왔다.

"무슨 일로 오셨는지요."

정갈하지만 어딘지 모르게 음침한 분위기가 느껴지는 신관의 목소리.

하지만 훈이는 전혀 위축되지 않았다.

오히려 건방진 목소리로 대답했다.

"어둠의 신, 카데스 님을 알현하고 싶다."

그리고 대답은 곧바로 돌아오지 않았다.

생각지도 못한 훈이의 건방진 어투에 신관이 잠시 당황한 탓이었다.

"으음, 그대 또한 나와 같은 어둠의 아들이군요. 용건은……."

훈이가 신관의 말을 끊었다.

"크큭, 나는 위대한 어둠의 군주. 임모탈의 계승자인 내가 한낱 신관 따위에게 일일이 보고해야 할 의무는 없을 텐데."

NPC가 가진 AI의 예측 범위를 벗어나는 훈이의 대사가 계속 이어졌다.

하지만 딱히 틀린 말은 없었기에, 신관은 이마에 맺힌 땀을 닦으며 고개를 끄덕였다.

"화, 확실히 그렇군요. 제祭를 올려 보도록 하겠습니다. 이쪽으로 오시지요."

신관은 훈이를 신전의 안쪽으로 안내했고, 훈이는 그를 따라 걷기 시작했다.

그렇게 5분 정도를 걸었을까?

거대한 보랏빛의 불길이 솟아오르는 어둠의 제단이 훈이의 시야에 들어왔다.

제단의 불길을 보며 훈이가 속으로 중얼거렸다.

'흐음, 카데스 신전은 정말 오랜만이군. 카데스가 도움을 줬으면 좋겠는데 말이야.'

제단 앞에 도착한 훈이는, 인벤토리에서 어둠의 서書를 꺼내어 신관에게 넘겼다.

어둠의 서는, 신에게 제를 지내기 위해 필요한 기본적인 소모성 아이템이었다.

"잠시만 기다려 주시지요, 어둠의 군주이시여."

훈이가 고개를 끄덕이며 대답했다.

"카데스 님께 매우 중대한 일이 생겼다 전하도록."

"알겠습니다."

화륵– 화르륵–!

신관은 훈이에게서 받은 어둠의 서를 펼쳐 든 뒤 그 위에 완드를 휘저었다.

그러자 하얀 백지에 무언가 알 수 없는 문양이 새겨지기 시작했고, 그것은 곧 제단으로 빨려 들어가 보랏빛으로 타올랐다.

그리고 잠시 후, 제단의 위로 회백색의 뿌연 연기가 피어 올랐다.

그 연기는 점차 어두워져 갔고, 이윽고 어떠한 형상을 만들어 냈다.

정확히 훈이의 두 배 정도 됨직한 커다란 키에, 새카만 망토를 두른 날카로운 인상의 미남자.

낯익은 사내의 모습을 확인한 훈이가 먼저 입을 열었다.

"오랜만이군요, 카데스 님."

그리고 훈이를 발견한 카데스 또한, 피식 웃으며 그의 말을 받았다.

"오랜만이군, 애송이. 일전에 보았을 땐 일개 어둠술사에 불과했었던 것 같은데, 용케도 임모탈의 힘을 잘 이어받았군."

뭔가 삐딱한 어조로 말하는 카데스였다.

그것을 느낀 훈이는 고개를 갸우뚱했다.

'뭐지? 이건 적대감까지는 아니더라도 확실히 우호적인 반응은 아닌데?'

훈이가 카데스를 찾아 온 이유는 간단했다.

'리치 킹 샬리언의 야욕 저지' 퀘스트에 쓰여 있던 하나의 문장 때문.

샬리언의 야욕이 '인간계의 조화와 균형을 수호하는 다섯 신들의 뜻에 위배되는 것'이라는 그 문장에서 힌트를 얻어 카데스에게 도움을 요청하기 위해 온 것이었다.

카데스 또한 다섯 신 중 하나이니, 당연히 샬리언의 야욕을 좌시하지 않을 것이라 생각한 것이다.

그리고 훈이는 샬리언과 대척점에 서 있는 '임모탈'의 힘을 계승한 유저였다.

그러니 훈이가 예상했던 대로라면 카데스는 자신을 반겼어야 하는 것이다.

더해서 카데스가 원래 까칠한 성격이냐면, 그런 것도 아니었다.

일전에 카데스에게 퀘스트를 받았을 때는 분명히 우호적인 태도였었다.

'확실히 뭔가 있어.'

하지만 그렇다고 해서 용건을 접은 채 돌아 나갈 이유는 없었다.

카데스가 막강한 힘을 가졌다고 하더라도 '신'인 이상 인간계에 직접적인 영향력을 행사할 수 없었으니, 무서워할 필요는 없는 것이다.

훈이와 간단한 안부 인사를 나눈 카데스가 다시 입을 열었다.

"후후, 그래서 용건은? 이 신전까지 찾아와 제까지 올린 것을 보면 제법 중요한 용건이 있는 듯한데 말이지."

그에 훈이는 곧바로 입을 열었다.

"물론 중요한 용건이 있습니다."

"그게 뭔가?"

훈이는 무척이나 단도직입적으로 이야기했다.

"카데스 님의 힘이 필요합니다."

그리고 카데스의 두 눈이 살짝 커졌다.

"내 힘이라……? 어둠의 군주씩이나 되는 녀석이, 내 도움이 필요하다?"

훈이화 카데스의 눈이 허공에서 마주쳤다.

이어서 훈이가 말했다.

"인간계의 조화와 균형. 그것을 해치는 무리가 있습니다. 그리고 그들은, 제 힘으로 감당하기 힘든 존재이지요."

훈이의 말이 끝나자, 잠시 동안 정적이 흘렀다.

카데스의 눈빛이 달라졌다.

"그거 재밌군. 차원계의 조화와 균형을 해치는 무리라……. 그게 대체 누구지?"

입꼬리를 슬쩍 말아 올리며 되묻는 카데스였다.

그리고 그런 그를 응시하며, 훈이의 입이 천천히 열렸다.

"리치 킹 샬리언. 그가 인간계의 질서를 어지럽히고 있습니다."

"오옷, 나 대리님, 명계 콘텐츠 관련 퀘스트 획득한 유저가 추가로 등장했습니다! 빨리 와 보세요!"

"오, 그래? 누구지? 이번으로 세 번째인가?"

기획 3팀의 모니터링실.

대리로 승진한 뒤 부사수까지 생긴 나지찬은, 기획 3팀에서 없어서는 안 될 중요한 존재로 거듭나 있었다.

매번 문제가 발생할 때마다 기발한 방법을 동원해 해결해 내니, 기획 팀으로서는 꼭 필요한 존재가 아닐 수 없었던 것이다.

나지찬의 부사수가 된 신입사원 윤지영은 그런 그를 존경했다.

'나 대리님 뒤에만 잘 붙어 있으면, 초고속 승진이 보장될

게 분명해!'

이제 갓 입사한 신입사원의 꿈이었다.

모니터링실로 들어온 나지찬에게 윤지영이 상황 설명을 시작했다.

"대리님, C섹터 17번 화면 보세요. 저 여자, 사제 랭킹 1위라던 레비아 맞죠?"

"오호, 그러네. 이렇게 되면 이안, 훈이에 이어서 세 번째 인물인가?"

"그런 것 같아요, 대리님."

윤지영이 가리킨 화면을 보며, 나지찬의 한쪽 입꼬리가 슬쩍 말려 올라갔다.

'명계 콘텐츠가 드디어 오픈되려 하는군.'

지금까지 카일란 기획 팀은 이안이 새로운 콘텐츠를 오픈하려 할 때마다 발등에 불이 떨어진 채 야근을 해 왔었다.

항상 생각지도 못했던 방향으로 움직여, 준비도 덜 된 콘텐츠를 오픈시키곤 했으니 말이다.

하지만 이번에는 상황이 조금 달랐다.

'랭커들을 필두로 해서 빨리 명계가 열렸으면 좋겠어. 이거 준비한다고 거의 1년을 붙들고 있었는데 말이지.'

이미 거의 완벽에 가까울 정도로 준비되어 있는 콘텐츠가 바로 명계였던 것.

랭커 유저들이 명계 콘텐츠에 접근한 시점부터 해서, 접근

루트까지.

거의 90퍼센트 이상 기획 팀에서 예상했던 대로였다.

그리퍼를 통해 명계에 대한 단서를 얻은 이안만이 약간 특이 케이스이기는 했지만, 그것도 당황스러울 정도는 아니었다.

"후훗, 이번에는 다들 고생 좀 할 테지."

나지찬의 중얼거림에, 윤지영이 의아한 표정으로 물었다.

"고생요? 랭커들이 명계 진입을 시도하는 과정에서 고생한다는 말씀이신가요?"

나지찬이 고개를 주억거렸다.

"맞아. 다른 건 다 차치하고라도, 일단 리치 킹 샬리언이 너무 큰 강적이니까."

"에이, 그래도 지금 랭커들 다 모이고, 로터스 길드 전력 총동원해서 길드레이드 걸면 충분히 잡을 수 있지 않을까요?"

"그렇게 생각해?"

윤지영이 고개를 끄덕이며 대답했다.

"네. 지금까지 랭커 유저들이 힘을 합쳤을 때, 100레벨 이상 높은 보스급 몬스터들도 여러 번 이겨 왔잖아요. 현재 최상위 랭커들 레벨이 350언저리까지 올라왔으니, 조금 힘들수는 있다고 해도 다 함께 힘을 합치면 500레벨 보스 몬스터도 잡을 수 있지 않을까요?"

충분히 설득력 있는 타당한 추론이었다.

하지만 나지찬은 고개를 절레절레 저었다.

"만약 리치 킹 샬리언이, '그냥' 500레벨이라면 지영 씨의 말이 맞을 수도 있지. 하지만 샬리언은 단순히 레벨로 판단할 수 있는 보스가 아니야."

"네?"

"후후, 그런 게 있어. 아직 완벽하게 완성이 덜 된 시스템이라 말해 줄 수는 없지만……."

나지찬의 시선이 다시 화면을 향했다.

그리고 화면에는 새하얀 날개를 펼친, 순백의 천사를 연상케 하는 아름다운 여인이 허공에 떠올라 있었다.

'랭커들이 만약 무턱대고 리치킹에게 덤빈다면, 볼 것도 없이 몰살이야. 아무리 이안갓의 컨트롤이 대단하다고 해도 불가능한 건 불가능한 거지.'

또다시 나지찬의 한쪽 입꼬리가 말려 올라갔다.

'카일란의 세계관과 환경. 모든 걸 완벽히 이용해야만 명계 콘텐츠를 오픈할 수 있을 거다. 마계와의 차원 전쟁에서 승리했을 때처럼 말이야.'

현재 유저들이 게임을 플레이하고 있는 인간계의 거대한 땅덩이는, 크게 북부 대륙과 남부 대륙으로 나뉜다.

아직까지도 전부 개척되지 않은 북부 대륙인 말라카 대륙과, 처음 카일란이 오픈되었을 때부터 유저들의 주요 터전이었던 남부 대륙인 콜로나르 대륙.

그리고 여기서 남부 대륙은 또 다시 세 파트로 분류된다.

대륙의 한가운데를 차지하고 있는 거대한 사막.

유저들 사이에서 '중부 대륙'이라 불리기도 하는 이 지역으로 인해 남부 대륙이 동부와 서부 중부로 분류되게 된 것이다.

초창기에는 금역으로 불리며 그 누구의 접근도 허하지 않던 중부 대륙.

이 중부 대륙이 거의 100퍼센트에 가깝게 개척되면서, 적어도 콜로나르 대륙의 안개는 거의 다 걷히게 된 것이다.

하지만 그 와중에도 아직 미지의 땅이 한 군데 남아 있었다.

그곳은 바로, 중부 대륙의 북쪽과 북부 말라카 대륙을 잇는 길목.

분명히 월드 맵에는 표시되어 있었지만 진입하는 방법에 대해 전혀 알려진 곳 없는 그 지역만이, 아직까지 베일에 싸여 있었던 것이다.

유저의 발걸음이라고는 닿은 적 없는 황량한 대지.

사막지역과는 또 다른 의미의 새하얀 황무지에 사박사박 발걸음이 울려 퍼졌다.

"이곳이 유피르 산⋯⋯."

은빛의 장식들이 수놓아진 새하얀 사제복.

한눈에 보아도 고급스런 장비들을 몸에 두른 여사제 하나가 험한 산길을 오르고 있었다.

그녀의 이름은 바로 레비아.

또 그녀의 옆에는 판금갑옷으로 중무장한 한 남자가 나란히 걷고 있었다.

그녀의 복장과 대비되는 칠흑 같은 색감에, 금빛 문양이 새겨져 있는 고급스런 갑주.

그는 기사 클래스의 비공식 랭커인 로무르였다.

그리고 두 사람의 뒤로는 그들의 가신인 듯 보이는 열 명 정도의 NPC도 따라오고 있었다.

"휴, 어찌어찌 들어오기는 했는데, 여기 맞는 거지, 레비아?"

로무르의 말에, 레비아가 고개를 끄덕이며 대답했다.

"맞아. 이제 조금만 더 가면 에르네시스 여신의 신전이 나올 거야."

"이번 퀘스트만 끝나면, 내 전직퀘 도와주기로 한 거다?"

"알겠으니까, 그만 물어봐라 좀. 내가 언제 약속 안 지키는 거 봤어?"

두 남녀는 티격태격하며 황량한 산속을 계속 헤매었고, 중간중간 등장하는 적들을 빠르게 해치웠다.

산속에 등장하는 몬스터들의 레벨은 거의 400레벨에 준하는 수준.

하지만 모두 다 언데드 몬스터였기 때문에, 사제 클래스인 레비아에게는 너무도 손쉬운 상대라고 할 수 있었다.

그녀의 주 무기인 신성 계열의 공격 스킬들이, 언데드들에게는 그야말로 지옥 같은 대미지를 선사했으니까.

쿠구궁– 쿠쿵–!

새하얀 빛의 기둥이 내려앉음과 동시에, 415레벨의 스컬 가고일이 새까만 재가 되어 산화했다.

로무르가 기분 좋은 웃음을 지으며 가고일이 드롭한 아이템들을 회수했다.

"크으, 여기 경험치 죽이는데? 레비아, 사냥 좀 더 하고 가면 안 될까?"

"시끄러, 로무르."

로무르의 너스레를 한마디로 일축시킨 레비아는, 주변을 계속해서 두리번거렸다.

이제 좌표상으로는 목적지인 에르네시스 신전이 보여야 할 곳이기 때문이었다.

그리고 잠시 후, 레비아의 커다란 두 눈에 이채가 어렸다.

"로무르, 이쪽으로!"

말을 마친 레비아가 빠르게 움직이기 시작했다.

허공으로 떠오른 채 빠른 속도로 미끄러져 움직이는 레비아의 신형.

잘 모르는 사람이 본다면 마법사의 플라이 마법인 줄 착각할 수도 있겠지만, 그것은 아니었다.

애초에 레비아는 사제 클래스였고, 플라이 마법은 사제가 배울 수 있는 마법이 아니었으니 말이다.

이것은 단지 레비아의 부츠에 붙어 있는 고유 능력인 '고속 비행'일 뿐이었다.

"아오! 같이 가, 레비아!"

로무르는 빠르게 움직이는 레비아를 툴툴거리며 쫓았다.

그리고 잠시 후, 두 사람의 앞에 거대한 회색 빛깔의 신전이 나타났다.

본래의 색상은 분명 새하얀 백색이었을, 하지만 왜인지 빛이 바래 버린 아름다운 신전.

그 앞에 선 레비아가, 돌연 품 속에서 뭔가를 꺼내어 들었다.

그것은 마치 커다란 다이아몬드를 연상케 하는, 순백색의 기운을 머금은 보석이었다.

"에르네시스 여신이시여."

이어서 레비아의 목소리가 낮게 울려 퍼졌다.

그러자 다음 순간, 보석에서 새하얀 빛이 뿜어져 나오기 시작했다.

우웅– 우우웅–!

그리고 사방에 퍼져 나간 그 빛은, 신전의 꼭대기를 향해 빨려 들어가더니, 이내 새하얀 형체를 만들어 냈다.

눈이 부시도록 하얗게 빛나는 새하얀 섬광.

레비아와 로무르는 넋을 놓고 그 광경을 지켜보고 있었다.

그렇게 3분 정도가 지났을까?

휘이잉—!

어디선가 청량한 바람이 불어오더니, 에르네시스 여신의 신전을 가볍게 감싸기 시작했다.

황량한 주변 환경에 어울리지 않는, 잔잔하고 따뜻한 미풍美風이 불어왔다.

이어서 하늘 높이 떠 있던 새하얀 빛이, 레비아의 앞으로 뻗어 내려왔다.

그리고 그 안에서, 천상의 아름다움을 가진 한 명의 여인이 걸어 나왔다.

그녀의 이름은 바로……

"빛의 여신, 에르네시스 님을 뵙습니다."

레비아는 고개를 살짝 숙여 보이며 예를 취했고, 뒤쪽에 있던 로무르도 얼떨결에 고개를 숙였다.

그러자 여신 에르네시스의 입가에 잔잔한 미소가 걸렸다.

그리고 그녀의 입이 천천히 열렸다.

—나의 아이야. 이곳까지 용케도 찾아왔구나.

에르네시스의 목소리는 마치 은쟁반 위를 구르는 옥구슬이 연상될 정도로, 청량하고 아름다웠다.

그 미성에 취해 잠시 정신을 놓고 있던 레비아는, 번뜩 정신을 차렸다.

그리고 그녀의 말에 대답하기 위해 입을 떼었다.

아니, 입을 떼려 했다.

시스템 AI가 그녀의 몸을 통제하기 시작한 것만 아니었다면 말이다.

AI에 통제받기 시작한 레비아는 에르네시스의 앞에 가볍게 한쪽 무릎을 꿇었고, 천천히 입을 열었다.

"그렇습니다, 에르네시스 님. 오랜 시간이 걸렸지만, 결국 찾아왔나이다."

로무르는 그저 둘을 지켜볼 뿐이었고, 대화는 계속해서 이어졌다.

─수고했다. 그리고 고맙구나. 이 황량한 곳에 묻혀 있는 나의 신전을 찾아주다니 말이다.

"아닙니다, 에르네시스 님. 당신의 자녀로서 응당 해야 할 일을 했을 뿐입니다."

─잘했다. 나의 아이야. 그렇지 않아도 인계에 드리워지는 어둠의 힘을 느껴 걱정이 이만저만 아니었단다.

휘이잉─!

따스한 바람이 다시금 불어와 신전의 주변을 맴돌았다.

그리고 에르네시스의 신전을 중심으로 잔잔히 퍼져 나가기 시작했다.

포근하고 따스한 손길로 황량한 대지를 어루만지기 시작하는 새하얀 바람결.

이어서 바람결이 훑고 지나간 자리에, 황량함이 걷히며 녹음이 피어올랐다.

그것은 그야말로 장관이라 할 수 있는 광경이었다.

그런데 그때, 레비아의 귓전에 익숙한 기계음이 울려 퍼졌다.

띠링-!

-빛의 여신. 에르네시스의 신전을 최초로 발견하였습니다.

-명성이 30만 만큼 증가합니다.

-신성력이 영구적으로 5만 만큼 증가합니다.

-칭호 '여신의 사자'를 획득합니다.

시스템 메시지들이 레비아의 시야에 줄줄이 떠올랐다.

하지만 그것이 끝이 아니었다.

레비아의 개인 시스템 메시지가 끝나자, 이번에는 월드 메시지가 울려 퍼졌다.

-빛의 여신 에르네시스가 축복을 내립니다.

-어둠의 기운으로 봉인되어 있던 유피르 고원이 다시 생기를 찾기 시작합니다.

-인간계를 수호하는 새로운 신이 모습을 드러냈습니다.

-여신 에르네시스가 다시 힘을 되찾는다면, 왕국 이상의 거점에서 '에르네시스교'를 국교로 지정할 수 있게 됩니다.

-콜로나르 대륙 어딘가에 빛의 신룡이 잉태되었습니다.

그리고 잠시 후, 정신 없을 정도로 많은 메시지들이 지나간 뒤 에르네시스가 다시 천천히 입을 열었다.

-레비아, 나의 아이야.

"하명하세요, 여신이시여."

-이 유피르 고원을 넘어 죽음의 대지에, 강력한 어둠의 힘이 잉태되고 있구나.

"알고 있습니다, 여신님. 그리하여 여신님의 힘을 빌리고자 합니다. 인간계의 질서와 균형을 무너뜨리려는 어둠의 씨앗들을 물리칠 힘을 주옵소서."

레비아와 에르네시스의 눈이 허공에서 맞물렸다.

그리고 잠시 후, 여신의 붉은 입술이 천천히 떨어졌다.

-나의 날개를 선물해 주마. 그 빛의 힘을 빌어 리치 킹 샬리언을 물리치고, 명계에 봉인되어 있는 나의 힘을 되찾아오도록 하라.

한쪽 무릎을 꿇은 채 앉아 있던 레비아의 등에 새하얀 빛이 일렁였다.

레비아는 자리에서 일어섰고, 놀랍게도 그녀의 등에 하얀 날개가 돋아났다.

이어서 레비아의 시야에 한 줄의 시스템 메시지가 추가로 떠올랐다.

띠링-!

-'리치 킹 샬리언 제거' 퀘스트가 생성되었습니다.

-안녕하십니까, YTBC 카일란 이브닝 뉴스의 하인스.

-루시아입니다.

-루시아 님, 오늘은 어떤 소식들이 들어와 있죠?

-오늘도 역시 흥미로운 소식들이 무척이나 많습니다만, 그중에서도 첫 번째로 소개해 드려야 할 소식은 히든 에피소드에 관한 이야기인 것 같습니다.

-히든 에피소드라면 역시, 인간계의 200레벨 이상인 모든 유저들에게 발동된 '어둠의 태동' 에피소드를 말씀하시는 것이겠군요?

-그렇습니다. 얼마 전 LB사에서 처음 선보인 '시나리오 시청 모드' 덕에 거의 모든 유저분들께서 알고 계시겠지만, 그날을 기점으로 콜로나르 대륙 곳곳에서 어둠의 군대들이 나타나기 시작하고 있습니다. 현재 수많은 고레벨 유저분들께서 이 어둠의 군단과 싸우기 위해 파티를 결성하고 계시지요.

-그렇군요. 이 어둠의 군대들의 레벨대는 평균적으로 몇 레벨 정도일까요?

-언데드들의 레벨은 200레벨 초반부터 높게는 300레벨 후반대까지 다양합니다만, 등장하는 지역에 따라 그 레벨이 많이 갈린다고 하더라고요.

-조금 더 자세히 설명해 주실 수 있습니까?

-물론입니다. 일반적으로 오픈 필드에서 등장하는 언데드들의 레벨

대가 200레벨 초반으로 가장 약체이며, 특정 던전이나 인스턴트 필드에서 등장하는 언데드들의 레벨이 대체로 높다고 합니다.

한국대학교 가상현실과의 2학년 과실.

과실 구석에 틀어 놓은 TV 앞에는, 너덧 명의 인원들이 옹기종기 모여 앉아 YTBC 카일란 채널을 시청하고 있었다.

그리고 그들 중에는, 1학기에 진성과 함께 팀플을 했던 세미와 영훈, 민수도 포함되어 있었다.

"야, 세미야, 우리 개강하자마자 과실에서 이러고 있어도 되는 걸까?"

영훈의 조심스러운 물음에 세미가 발끈하며 대답했다.

"개강하자마자라니! 벌써 개강한 지 보름이나 지났다고. 그리고 수업 없는 공강 시간에 '뉴스' 좀 보는 게 어때서?"

"그 뉴스가 게임 뉴스니까 조금 눈치 보여서 그러지. 교수님이라도 들어오시면……."

"교수님께서 들어오시면? 아마 같이 보실걸?"

"……."

세미와 영훈은 계속 티격태격했다.

화면에 시선을 고정시킨 민수가 그들을 향해 한마디 핀잔을 주었다.

"시끄러워, 이것들아. 지금 중요한 내용인데 자꾸 방해되게 떠들래?"

그에 영훈이 어이없는 표정을 지었다.

"얼씨구, 넌 맨날 뉴스랑 영상만 그렇게 열심히 봐서 뭐하냐? 그 시간에 레벨을 올렸으면 벌써 300레벨은 찍었겠다."

"시끄럽다니까!"

하지만 소란도 잠시.

본격적으로 뉴스가 시작되자 시끄러웠던 과실은 금세 조용해졌다.

그리고 과실 여기저기 앉아 개인 과제를 하고 있던 다른 학생들도, 세미가 틀어 놓은 TV 앞으로 옹기종기 모여들었다.

-그리고 하인스 님, 오늘은 정말 특별한 특종이 기다리고 있어요.

-오오! 특종이라면 혹시……!

-네, 그렇습니다. 이 루시아가 시청자 여러분들을 위해 열심히 발품을 판 결과, 다섯 번째 뇌옥을 발견한 파티의 인터뷰를 따냈습니다!

-이야, 대단하군요! 다섯 번째 뇌옥을 발견한 파티는 어떤 파티인가요?

-많은 분들께서 짐작하셨겠지만, 다섯 번째 뇌옥은 타이탄 길드의 원정대에 의해 발견되었습니다. 그 곳에는 심지어 열 기도 넘는 데스나이트가 뇌옥을 지키고 있었다는군요.

-오오, 정말 대단합니다. 아직 공식 커뮤니티에도 풀리지 않은 따끈한 소식!

-하지만 하인스 님, 아직 놀라시기는 이릅니다.

-왜죠? 더 대단한 특종이 있는 건가요?

-그렇습니다! 리치 킹 샬리언의 영혼 조각이 뇌옥이 아닌 일반 필드

에서도 발견되었다는군요!

숨죽인 채 TV를 시청하던 민수가 두 눈을 동그랗게 뜨며 작은 목소리로 중얼거린다.

"오, 필드에 샬리언 영혼 조각이 나왔다고?"

옆에 있던 영훈이 거들었다.

"헐, 그러게. 그게 정말이면 우리도 이러고 있을 때가 아닌 거 아냐?"

"왜?"

"뇌옥은 무리여도, 필드 정도는 우리 파티로도 공략해 볼 만 하잖아. 샬리언 영혼조각 하나만 찾아 파괴해도 공헌도 100만이라고 들었는데!"

'어둠의 태동' 시나리오가 발동되면서, 200레벨 이상의 모든 인간계 유저들은 시나리오 관련 퀘스트를 받을 수 있게 되었다.

그리고 시나리오 관련 퀘스트를 수행할 때마다 유저의 시나리오 공헌도가 올라가게 되는데, 이 공헌도가 쌓이면 공헌도 상점에서 좋은 칭호와 아이템 등으로 교환할 수 있게 된다.

일례를 들자면, 전설 등급의 장비를 랜덤으로 획득할 수 있는 '전설 등급 장비 상자'의 경우 20만 공헌도를 지불하면 구입할 수 있는 것이다.

한데 '샬리언의 영혼 조각 파괴' 퀘스트는 무려 100만의 공헌도를 선사했으니, 유저들이 눈에 불을 켜고 찾아다니는 것은 당연했다.

"하긴, 듣고 보니 영훈이 말이 일리가 있네. 우리가 어제 내내 뺑이 쳐서 쌓은 공헌도가 겨우 6만인가 7만인데, 영혼 조각 하나만 찾으면 거의 십오 일치 노가다 버는 셈이잖아?"

"그러게 한번 시도해 볼 가치는 있겠어."

그리고 과실에 있던 인원들이 웅성거리는 사이 뉴스룸을 비추고 있던 화면이 바뀌었다.

카일란 플레이 영상이 송출되기 시작한 것이다.

이어서 루시아의 음성이 TV를 통해 흘러나왔다.

─하야시스 고원에 등장한 죽음의 기사, 그리고 어둠의 군단들! 이 루시아가 어렵게 공수해 온 전투영상으로 지금부터 함께 보시겠습니다.

TV의 앞에 모인 학생들의 시선이 더욱 화면에 집중하기 시작했다.

그런데 다음 순간, 세미의 입에서 나직한 탄성이 흘러나왔다.

"이안이다!"

영훈과 민수 또한 감탄사를 터뜨리며 고개를 주억거렸다.

"캬, 또 이안갓이네."

"크으, 그러게. 진짜 궁금한 게 하나 있는데, 이안 같은 유저는 대체 공헌도를 몇이나 쌓았을까?"

"글쎄, 모르긴 몰라도 한 5백만 정도는 쌓지 않았을까?"

"에이, 그건 아니다. 지금까지 발견된 영혼 조각을 혼자

독식했다고 쳐도 공헌도 1천만이 안 되는데⋯⋯."

세미도 고개를 끄덕이며 덧붙였다.

"맞아, 5백만은 오바고, 한 1백에서 2백만 정도 쌓았겠지."

"휘유, 그래도 부럽네."

두런두런 대화를 나누며 화면을 시청하는 학생들.

그런데 그때, 민수가 문득 한마디를 꺼내었다.

"그런데 영훈아, 이안 있잖아⋯⋯."

"응?"

"진성 선배 좀 닮은 것 같지 않냐? 머리 스타일이랑 장비 때문에 그동안 생각 못했었는데, 인터넷에 돌아다니는 이안 쪼랩 시절 사진 보니까 빼박 진성 선배던데?"

민수는 영훈에게 말한 것이었지만, 대답은 다른 곳에서 흘러나왔다.

"에엑? 민수, 너 장난이라도 그런 소리 하지 마라."

"왜? 그럴싸하잖아. 진성 선배가 지난 학기에 우리한테 던져 준 미친 자료도, 선배가 이안이라면 설명이 된다고. 게다가 예전부터 이안이 우리학교 학생이라는 얘기도 많았잖아."

하지만 세미는 고개를 휘휘 저으며, 한마디로 일축해 버렸다.

"아, 아무튼! 그럴 리는 절대로 없어! 없다고!"

그리고 발끈하는 세미를 보며 영훈이 피식 웃었다.

"야, 넌 세미가 이안 광팬인 거 알면서 그런 소릴 하냐?"

"왜, 그게 무슨 상관이야."

"무슨 상관이긴!"

영훈의 입꼬리가 씨익 말려 올라갔다.

"네가 방금 세미 환상을 깨 버린 거라고."

"……."

"레미르 누나, 실드 좀!"

"알겠어!"

후우우웅ー!

할리의 위에 올라탄 이안의 주변으로, 붉은 빛깔의 실드가 생성된다.

마치 용암이 흘러내리는 듯한 모습의 얇은 화염으로 이루어진 방어막.

레미르의 서포팅으로 플레임 베리어를 두른 이안이 필드에 등장한 보스 몬스터를 향해 달려들었다.

데스나이트와 무척이나 흡사한 생김새를 가진 언데드 몬스터.

하지만 차원이 다른 강력함을 지닌 보스 몬스터인 사령의 기사가 이안을 향해 대검을 휘둘렀다.

ー건방진 인간!

까가강-!

이안의 정령왕의 심판과 사령의 기사의 대검이 맞물리며 듣기 거북한 쇳소리가 울려 퍼졌다.

그극- 그그극-!

그리고 둘의 무기가 맞물릴 때마다, 플레임 베리어의 영향으로 불꽃이 튀어 올랐다.

플레임 베리어의 효과는, 지속 시간 동안 피해양 최대치의 10퍼센트만큼을 흡수해 주는 것.

때문에 플레임 베리어의 효과를 극대화하여 사용하기 위해서는, 적의 공격을 완벽하게 막아 내는 것이 중요했다.

방어에 성공하면 적게는 30퍼센트에서 많게는 90퍼센트까지의 피해가 흡수되는데, 플레임 베리어가 있다면 추가로 10퍼센트의 피해를 더 흡수하게 되기 때문이다.

그래서 사실 플레임 베리어는 기사 클래스 유저들이 가장 선호하는 화염법사의 서포팅 기술이다.

기사 클래스의 경우 방패를 사용하여 공격을 막아 내면, 그것만으로도 80~90퍼센트 언저리의 피해를 흡수해 낼 수 있기 때문이다.

그러니 방패술을 잘만 활용하면, 플레임 베리어의 효과로 100퍼센트 피해를 막아내는 것도 가능해지는 것이다.

물론 방패를 사용하지 않고도, 연달아 80퍼센트 이상의 피해를 막아 내는 괴물 같은 컨트롤도 가능하기는 하다.

까아앙-!

지금의 이안이 보여 주는 것처럼 충격을 최소화시킨다면 말이다.

이안은 거의 대미지를 입지 않은 채 데스나이트의 공격을 모조리 막아 내었다.

그때였다.

-사령의 힘으로……!

데스나이트가 낮은 목소리로 주문을 외기 시작하더니, 대검을 허공으로 치켜 올렸다.

이어서 칠흑빛의 대검 끝에서 뿜어져 나오기 시작하는 새카만 어둠의 기운.

그것을 본 이안은, 재빨리 뒤로 물러서며 장비를 스왑했다.

정확히 말하자면 스왑이라기보다는 '추가 장착'.

양손무기인 정령왕의 심판을 오른손으로 쥐고, 왼손에 뿍뿍이의 등껍질로 제작한 귀룡의 방패를 꺼내어 든 것이다.

방어 자세를 잡은 이안은, 오른쪽에서 다른 언데드와 싸우고 있던 유신에게 신호했다.

"유신, 지금이야!"

"알겠어."

이어서 유신의 손에서 뿜어져 나온 황금빛이 파티원 모두를 한 바퀴 휘감았다.

이것은 무도가만의 고유 능력으로, 파티원 모두의 생명력을 일시적으로 증가시켜 주는 기술이었다.

시전자 생명력의 15퍼센트라는 제법 괜찮은 계수를 갖고 있었기 때문에, 유신이 애용하는 스킬이기도 했다.

"좋아!"

이안의 날카로운 시선이 묵빛 기운이 모이고 있는 사령의 기사의 검 끝으로 향했다.

사령의 기사의 궁극기이자 최강의 공격계수를 자랑하는 광역기인 파령검破靈劍.

파령검의 캐스팅 시간은 무려 15초나 된다.

하지만 스킬이 캐스팅되는 동안 일시적으로 무적 상태가 되기 때문에, 캐스팅을 취소시킬 수 없는 까다로운 기술이었다.

게다가 계수와 공격범위까지 어마어마한 사기적인 광역 공격기.

하지만 파훼법은 의외로 간단했다.

피하거나, 혹은 버티거나.

파령검에 살아남기만 하면 되는 것이다.

이 기술을 쓰고 나면, 사령의 기사가 10초 동안 완벽히 무방비 상태가 되기 때문이었다.

만약 그 10초 내에 잡지 못하면 다시 생명력이 최대치로 차오르는 괴랄한 녀석이기는 하지만, 이안 파티가 걱정할 문제는 아니었다.

레미르와 이안뿐 아니라 수많은 최상급 딜러들이 포진되

어 있는 로터스 길드.

그들이 10초 동안 프리 딜을 넣는다면, 녀석이 살아남을 수 있는 확률은 거의 없다고 봐도 무방했다.

'이번 기회에 끝낸다!'

이안은 귀룡의 방패를 들어 방어력까지 최대치로 끌어올렸다.

그리고 그 순간…….

쿠쿵- 쿠구궁-!

황량한 대지가 요란하게 진동하기 시작했다.

"시작이다!"

사령의 기사의 검 끝에서 뻗어 나온 기운이, 지그재그로 요동치며 퍼져 나갔다.

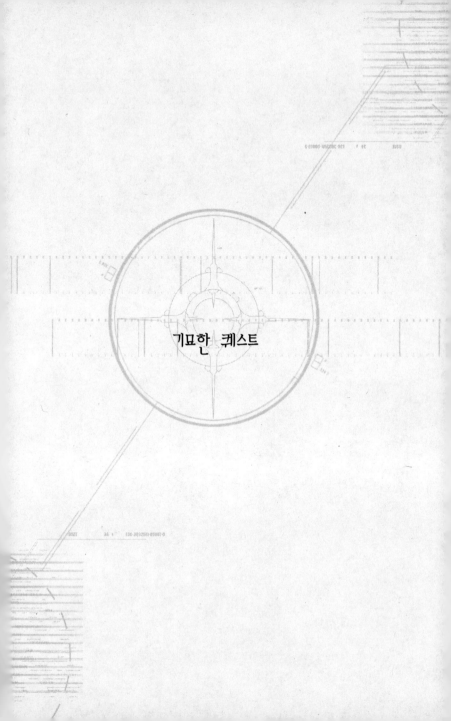

기묘한 퀘스트

Taming
Master

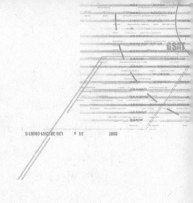

"휴, 이번으로 다섯 번째 영혼 조각인가?"

"음, 그런 것 같아. 우리 파티가 공략한 건 다섯 번째. 서버 전체로 따지면 한 열셋에서 열다섯 번째 정도 될 것 같고."

로터스 길드의 상징 그리핀이 수놓아져 있는 황금빛 깃발.

그 아래 세 남녀가 대화를 나누고 있었다.

이안과 헤르스, 그리고 피올란.

그들은 벌써 이주일째 샬리언의 흔적을 찾아 쫓고 있었다.

"피올란 님, 다른 길드나 파티에서 샬리언에 대한 단서를 찾았다는 정보는 없죠?"

"네, 없는 것 같아요."

"헬라임에 대한 정보는요?"

"그 역시······."

사실 루이세이가 지속적으로 주고 있는 '샬리언의 영혼조각 파괴' 퀘스트는 무척이나 유익했다.

다른 걸 다 떠나서, 어마어마한 에피소드 공헌도를 얻을 수 있다는 것만으로 남는 장사였으니까.

난이도와 개인의 참여도에 따라 조금씩 달라지기는 하지만 평균적으로 100만이나 되는 공헌도를 주는 '영혼 조각 파괴' 퀘스트.

다섯 번의 파티에 전부 참여했으며, 가장 큰 참여도를 기록한 이안이 획득한 공헌도는 지금까지 무려 700만에 육박하는 수준이었다.

1천만의 공헌도를 모으면 '신화 등급 장비 상자'와 교환할 수 있으니, 그것을 감안하면 그야말로 막대한 공헌도라 할 수 있는 것이다.

하지만 이안은 답답했다.

'공헌도도 좋지만, 빨리 뭔가 진전이 됐으면 좋겠는데.'

지금 이안이 루이세이의 퀘스트를 하는 목적은 두 가지였다.

첫 번째는 샬리언의 위치에 대한 단서를 찾는 것.

두 번째는 샬리언의 하수인에 의해 어딘가에 갇혀 있을 헬라임을 찾아 가신으로 만드는 것.

그런데 이 두 가지에 대한 진척이 없으니, 막대한 공헌도를 얻으면서도 답답한 것이다.

이안이 헤르스를 향해 다시 물었다.

"루이세이가 다른 퀘는 주는 거 없었어?"

"응, 없어. 계속해서 영혼 조각 파괴, 인질 구출 퀘스트야."

헤르스의 대답에, 이안이 살짝 미간을 찌푸리며 중얼거렸다.

"흐음, 진전이 없네."

그에 헤르스가 대꾸한다.

"하지만 다른 방법이 없잖아. 일단 뇌옥이건 필드건 샬리언의 영혼 조각을 계속 쫓다 보면 뭔가 보이지 않을까?"

이안이 고개를 끄덕였다.

"그래. 네 말이 맞아. 하지만 그래서 답답한 거지. 에피소드 생성된 지도 이제 보름은 지났고, 뭔가 실마리가 보일 때도 된 것 같은데……."

피올란이 끼어들며 말했다.

"뭐, 일단 공헌도 천만 채울 때까지는, 느긋하게 계속 퀘스트 해 보는 건 어때요?"

헤르스도 거들었다.

"그래, 피올란 님 말이 맞아. 다 같이 모여서 신화 등급 장비 상자 한번 까 본 다음에, 뒷일은 그때 생각하자고."

이안이 뒷머리를 긁적였다.

"쩝, 결국 다른 방법은 없는 건가?"

"그래, 급할 거 없잖아. 서두르지 말자."

"그러지 뭐. 그럼 다음 파티 명단이나 짜 볼까?"

세 사람은 대화를 주고받으면서, 앞으로 길드 파티의 일정에 대해 대략적으로 정리했다.

이름하야 샬리언의 영혼 파괴 퀘스트 공략 파티.

하지만 로터스 길드원들은 이 파티를 간결하게 '영혼 파괴 파티'라고 부르는 중이었다.

부르기 편하다는 이유도 있었지만, 파티 일정을 소화하다 보면 영혼이 파괴된다는 그런 의미가 조금 더 강했다.

로터스 길드는 이 파티를 20인 풀 파티로 계속해서 로테이션을 돌리는 중이었는데, 거의 쉬는 타임 없이 계속해서 진행되기 때문이었다. 이 하드한 일정을 버틸 수 있는 멤버는 많지 않았고, 덕분에 이안과 유신 정도를 제외하고는 회차마다 멤버가 로테이션되고 있었다.

이안이 길드 채팅 창에 채팅을 올렸다.

─이안 : 5회 차 일정 방금 끝났습니다. 여러분. 6회 차 지원하실 분?

그리고 이안의 말이 올라가자마자 채팅이 폭주하기 시작했다.

─리우 : 오오, 이안 님이닷!

-김고수 : 으아닛! 이안 님이 채팅에 등장하시다니!

-카이스 : 이안 님, 다음 달 정모에는 오시는 건가요? 정모 좀 오세요!

왕국 선포를 한 뒤 풀리오스 길드까지 흡수한 로터스 길드의 덩치는, 현재 무척이나 커져 있었다.

현재 길드원의 숫자만 해도 500여 명에 육박하는 수준.

그렇기 때문에 길드 내에서도 이안을 구경조차 하지 못한 사람이 제법 있었다.

이안이 채팅 창에는 거의 등장하지 않는 데다 길드 파티에도 잘 나타나지 않기 때문이었다. 길드 채팅을 해야 할 일이 있더라도, 수뇌부 전용으로 따로 생성해 놓은 채팅 창을 대부분 이용했던 이안이었다.

그래서 채팅 창에 이안이 한 마디라도 치면, 그 순간 스크롤이 순식간에 내려가곤 했다.

-클로반 : 자자, 다들 진정하시고. 잠시 채팅 좀 멈춰 주세요. 우선 영혼파괴 파티 멤버부터 좀 짜야 하니까요.

-피올란 : 그래요, 여러분. 일단 파티 합류 희망하시는 분부터 말씀 주세요! 이번 공략 장소는 난이도가 좀 낮은 편이라 300레벨 이상부터 받도록 하겠습니다. 사제 클래스는 250레벨부터 가능!

-카윈 : ㄷㄷ 무섭다; 영혼 파괴 파티라니. 어감 한번 살벌하네.

-리키 : ㅇㅇ무서운 파티임. 저 지난주 3회 차였나? 한 번 따라갔다

가 죽음을 경험함.

결국 이안은 한마디만 하고 다시 입을 다물었지만, 피올란과 클로반의 통제 하에 6회차 공략 파티의 인원은 금방 채워졌다.

하드코어한 파티임은 다들 너무 잘 알고 있었지만, 100만이라는 공헌도가 너무나도 큰 메리트였던 것이다.

하지만 파티 구성원이 거의 짜여 갈 즈음, 갑자기 올라온 한마디로 인해 길드 채팅창은 다시 아수라장이 되었다.

  −이루크 : 헤르스 님, 피올란 님, 방금 카일란 공카(공식 카페)에 급보 떴어요!

  −피올란 : 네? 무슨 급보죠?

  −이루크 : 시카르 사막 북부에, 신규 레이드 보스 생성됐대요! 보스 이름은 사령의 군장軍將. 레벨은 450이고 신화 등급이라는데요?

  −헤르스 : 헉, 진짜요? 미친! 450레벨에 신화 등급 레이드보스라고요?

  −이루크 : 넵. 게다가 이놈 뜨기 직전에 이 자리에 살리언이 있었나 봐요. 당시 그쪽에서 사냥 중이던 200레벨대 유저들 광역 한방에 전부 삭제시키고 북쪽으로 올라갔다는 것 같아요.

  −카윈 : 헐, 신화 등급 레이드 보스 처음 뜬 거 아님?

  −리키 : 음? 차원 전쟁 때 떴던 마룡 칼리파가 신화 등급이었지 않나요?

―카윈 : 그렇죠. 그런데 걘 레이드 보스 아니에요. 리키 님. 칼리파는 시나리오 보스죠.

―리키 : 아, 그렇군요.

카일란에서 '보스 몬스터'는 총 세 가지 개념으로 분류된다.

1. 가장 보편적으로 등장하며, 누구나 한 번쯤은 잡아 보았을 일반 보스 몬스터.

2. 같은 레벨 같은 등급이더라도 일반 보스보다 강력하고 어마어마한 생명력을 갖고 있으며, 조금이라도 처치에 기여할 시 기여도와 관계없이 확률적으로 보스와 같은 등급의 아이템을 획득할 수 있다는 특징을 가진 레이드 보스 몬스터.

3. 마지막으로, 레이드 보스와 비슷한 느낌이지만 더 강력하며, 아이템 획득 방식은 일반 보스 몬스터와 같은 시나리오 보스 몬스터.

마롱 칼리파나 리치 킹 샬리언은 3번에 속하는 시나리오 보스 몬스터고, 그 외 이안이 사냥해 왔던 다른 모든 보스 몬스터들은 대부분 1번에 속하는 녀석들이었다.

이안이 2번에 속하는 레이드 보스 사냥에 참여했던 것은, 정말 손에 꼽을 정도였던 것이다.

채팅창을 본 이안이 눈살을 찌푸리며 중얼거렸다.

"아, 왜 하필 레이드 보스야."

이안은 레이드 보스를 찾지 못해서 잡지 않은 것이 아니었다.

단지 레이드 참여 자체를 싫어할 뿐.

기여도에 관계없이 숟가락만 얹으면 모두가 공평하게 아이템을 획득하는 방식이니 이안이 좋아할 리가 없는 것이다.

그나마 인스턴트 던전에 뜨는 레이드 보스는 소규모 정예 파티로 트라이할 수 있지만, 이번처럼 필드에 등장하는 레이드 보스는 속된 말로 개나 소나 한 숟갈씩 얹을 게 분명했다.

애초에 레이드 보스 자체가, 랭커 독식 구조를 막으려고 만들어진 콘텐츠이다 보니 이안에게는 어울리지 않았다.

하지만 이번에는 달랐다.

이 레이드를 통해 샬리언을 찾을 수 있는 단서를 얻을 수 있을 게 분명해 보이기 때문이었다.

피올란이 이안을 향해 물었다.

"어쩔까요, 이안 님? 6차 파티 캔슬하고 레이드하러 가야 하지 않을까요?"

이안이 투덜거렸다.

"으, 레이드 싫은데. 또 가면 남 좋은 일만 할 게 뻔해서……."

헤르스가 피식거리며 말했다.

"야, 그래도 신화 등급은 처음이잖아. 신화 등급 무기라도 건질 지 어떻게 아냐."

"그거 확률 0.1퍼센트도 안 될 걸? 꿈 깨라, 인마."

"쳇, 아무튼! 어쩔래. 갈 거야 말거야?"

잠시간의 정적이 흐르고, 이안이 한숨을 푹 쉬며 대답했다.

"가야지 뭐, 어쩌겠냐. 신화 템이야 기대도 안 하지만, 샬리언 찾으려면 아무래도 이번 레이드는 가야 할 것 같네."

"후후, 수고했다. 잠시만 기다리도록."

어둠의 신 카데스의 신전.

제단의 앞에 선 카데스와 훈이가 대화를 나누고 있었다.

"알겠습니다, 카데스 님."

카데스에게 물건을 건넨 훈이가 고개를 끄덕이며 뒤로 한 발짝 물러섰다.

그러자 퀘스트 완료를 알리는 시스템 메시지가 떠올랐다.

띠링-!

-'어둠의 신, 카데스의 부탁 II' 퀘스트를 성공적으로 완수하셨습니다.

-명성을 2만 만큼 획득합니다.

명성치 2만이라는 다소 소박한 퀘스트 보상.

하지만 어차피 연계 퀘스트인 데다 별로 어려운 퀘스트는 아니었기에, 훈이는 잠자코 기다렸다.

'흐음, 뜬금없이 채집퀘는 대체 왜 나온 거지?'

지금까지 훈이가 진행한 카데스의 부탁 I과 II 퀘스트는, 두 번 모두 300레벨대 초반 사냥터에서 어렵지 않게 구할 수 있는 잡화 아이템을 채집해 오는 퀘스트였다.

'이걸로 뭔가 만드나 본데……'

사라진 카데스를 기다리던 훈이는 조금 흥미로운 표정이 되었다.

뭔가 퀘스트의 전개가 전혀 예측할 수 없는 방향이기 때문이었다.

하지만 채집 퀘스트가 또 이어지는 것 만큼은 사양하고 싶었다. 채집 퀘스트만큼 귀찮고 재미없는 종류의 퀘스트도 없었으니까.

그리고 잠시 후, 사라졌던 카데스가 돌아왔다.

훈이에게 다가온 카데스는 영롱한 보라빛깔의 구슬을 꺼내어 훈이에게 건네었다.

"자, 받거라."

훈이는 구슬을 받아들었고, 카데스가 말을 이었다.

"어둠의 힘을 응축시켜 만든 구슬이다."

이어서 구슬의 정보를 확인한 훈이는 고개를 갸웃했다.

별다른 정보가 쓰여 있지 않은, 말 그대로 어둠의 힘을 응축시킨 구슬이었기 때문이었다.

요약하자면 '카데스의 구슬'이라는 이름의 잡화 아이템.

훈이가 카데스를 향해 물었다.

"이 구슬로 뭘 하면 되는 거죠?"

카데스의 입 꼬리가 씨익 올라갔다.

그리고 천천히 입을 열었다.

"북부 대륙의 남동쪽. 그러니까 콜로나르 대륙 동부와 이어진 말라카 대륙의 남쪽으로 가면……."

잠시 뜸을 들인 카데스가 허공으로 손을 뻗었다.

그러자 그의 손에서 어두운 연기가 뿜어져 나오며 허공에 묵빛 그림이 그려지기 시작했다.

그 그림은 다름아닌 지도였다.

순식간에 허공에 떠오른 제법 자세한 지도. 이어서 그 지도의 한 구석에, 보랏빛의 점이 반짝이기 시작했다.

카데스의 말이 이어졌다.

"이 부근에 루가릭 산맥이라는 바위산이 있다."

"루가릭 산맥……?"

어디서 분명히 들어 본 적 있는 것 같은 이름이었다.

'하지만 필드나 던전의 이름은 아니었던 것 같은데…….'

그리고 일순간 떠오른 그 궁금증은 카데스와의 다음 대화에서 바로 해결이 되었다.

"이 루가릭 산맥의 꼭대기에 나의 아이가 잠들어 있다."

"카데스 님의 아이라면……."

"어둠의 신룡, 루가릭스. 녀석의 레어가 바로 이곳에 있지."

"아!"

훈이의 두 눈이 살짝 커졌다.

어둠의 신룡 루가릭스라면 훈이가 모를 수 없는 존재기 때문이다.

훈이는 과거 차원 전쟁 당시 루가릭스로부터 얻은 퀘스트를 진행했던 적도 있었다.

'어디서 들어 본 것 같다 했더니…….'

훈이가 루가릭스에 대한 기억을 끄집어 내는 사이, 카데스의 말이 다시 이어졌다.

"이 구슬을 가지고 루가릭스의 레어로 가거라. 그러면 잠들어 있던 나의 아이가 눈을 뜰 것이다."

훈이가 다시 물었다.

"그 다음은요?"

"그럼 나의 아이가 너를 도울 것이다."

"저를 돕는다구요?"

"그래."

카데스의 까만 두 눈동자가, 훈이를 잠시 응시했다.

그리고 그의 입이 서서히 다시 떼어졌다.

"리치 킹 샬리언. 차원계의 조화와 균형을 파괴하는 그의 야욕을 저지해야 하지 않겠느냐."

이어서 훈이의 눈앞에, 퀘스트가 떠올랐다.

띠링-!

어둠의 신, 카데스의 부탁 III (히든)(연계)

당신은 카데스에게 리치 킹의 야욕을 이야기하며 도움을 청하였다.

하지만 신의 위격을 갖고 있는 카데스는 직접적으로 인간세상에 관여할 수 없다.

때문에 그는, 자신을 대신해 신룡 루가릭스로 하여금 당신을 돕게 하려 한다.

카데스는 당신에게 어둠의 힘을 응집시켜 만들어 낸 구슬을 건네주었다.

그리고 이 구슬은, 잠들어 있는 어둠의 신룡 '루가릭스'를 깨울 수 있는 각성제이다.

카데스는 이 어둠의 구슬을 이용하여, 당신이 루가릭스를 깨우기를 바라고 있다.

루가릭스가 깨어난다면, 그가 카데스를 대신해 당신을 도울 것이다.

퀘스트 난이도 : A

퀘스트 조건 : 350레벨 이상의 흑마법사.
　　　　　　　 임모탈의 능력을 계승 중인 유저.

제한 시간 : 없음.

보상 : 알 수 없음.

*퀘스트에 실패 시 '카데스의 음모 저지' 퀘스트가 발생합니다.

퀘스트를 찬찬히 읽은 훈이는 마지막에 쓰여 있는 한 줄의 문구를 읽고는, 한쪽 입꼬리를 슬쩍 말아 올렸다.

'카데스의 음모라……. 크큭, 역시!'

처음 카데스를 찾았을 때만 해도, 훈이는 카데스에 대한 의심을 전혀 하지 않고 있었다.

하지만 퀘스트가 진행되면 될수록 뭔가 이상함이 느껴졌다.

다른 부분에서는 몰라도, 카데스가 훈이의 정체성이라 할 수 있는 '임모탈'에 대해 묘한 적의를 갖고 있다는 게 느껴지기 시작한 것이다.

그래서 훈이는 지금까지의 퀘스트들을 곰곰이 따져 보았고, 멀리 갈 필요도 없이 금방 그 이유를 찾아낼 수 있었다.

과거 이안과 함께 마계에서 진행했던 퀘스트인 데이드몬의 서 퀘스트.

그 당시 사령의 탑에 봉인되어 있던 리치 킹 샬리언을 풀어 줬던 것이 떠오른 것이다.

그리고 데이드몬의 서 퀘스트는, 다름 아닌 카데스와 데이드몬 둘 사이의 '거래'에서 시작된 퀘스트였다.

'샬리언이 봉인에서 풀려날 수 있도록 인도한 게 다름 아닌 카데스였던 거야. 애초에 샬리언이랑 한 통속이었던 거지. 그러니 적의감이 느껴질 수밖에.'

여기까지 생각이 미치자, 훈이는 이러한 카데스의 태도와 그가 주는 가식적인 퀘스트에 혀를 내두를 수밖에 없었다.

카일란의 인공지능이 보면 볼수록 대단하다 느낀 것이다.

유저에게 본심을 감추고 퀘스트를 주는 NPC라니.

아무 의심 없이 퀘스트를 진행했다가는 정말 큰 코 다칠 뻔한 훈이였다.

'보자, 그렇다면 카데스는 왜 어둠의 신룡 루가릭스를 잠에서 깨우라 명령한 것일까?'

이안을 따르고 있는 전쟁의 신룡 카르세우스를 제외한 다른 신룡들은 차원 전쟁이 끝난 뒤 각자의 레어에서 깊은 잠에 들어 있는 상태였다.

그런데 카데스는, 잠들어 있는 어둠의 드래곤 '루가릭스'를 깨우라는 퀘스트를 줬다. 루가릭스가 훈이를 도와 샬리언의 야욕을 막을 것이라 이야기하면서 말이다.

하지만 카데스의 검은 속을 알아챈 이상 그것이 거짓말이라는 건 너무도 확실한 사실이었다.

'루가릭스로 하여금 내 뒤통수를 치게 하려는 걸까? 아니, 내 뒤통수라기보단 샬리언의 야욕을 저지하려는 인간계 유저들 전체에게 뒤통수를 치려는 것이겠지.'

그렇다면 여기서 카데스의 이 검은 속셈을 역으로 이용하려면 어떻게 해야 할까?

훈이는 카데스에게서 받은 '카데스의 구슬'의 정보를 다시 한 번 확인해 보았다.

카데스의 구슬

분류 : 잡화   등급 : 전설

어둠의 신 카데스가, 자신의 힘을 응축시켜 만든 어둠의 보주이다.
어둠의 힘을 가진 존재에게 사용하면, 대상에게 카데스의 명령과 함께 그의 힘이 일부 전해지게 된다.
*1회성 아이템입니다.
*유저에게 사용할 수 없는 아이템입니다.

"'카데스의 명령이 전해진다.'라⋯⋯."

훈이의 머리가 다시 빠르게 회전하기 시작했다.

'이 구슬을 신룡에게 전하는 순간 카데스의 명령이 신룡에게 전해질 거고, 그건 아마 샬리언을 도우라는 명령일 거야.'

그렇다면 첫 번째 확실한 명제는 이 구슬을 절대로 루가릭스에게 전하면 안된다는 것이었다.

그리고 이 상황을 역으로 이용하기 위해서는….

'루가릭스를 다른 방법으로 깨워서 내 편으로 만들 수는 없을까?'

어둠의 신룡은 기본적으로 당대의 어둠의 신을 대변하는 존재라고 할 수 있다.

인간계에 직접적인 관여가 불가능한 신을 대신하여 신의 뜻을 행하는 신의 사자와도 같은 존재인 것이다.

하지만 임모탈의 힘을 계승한 훈이는 한 가지 사실을 알고 있었다.

'과거 루가릭스는 임모탈이 어둠의 제국을 세우는 것을 도운 적이 있지.'

이는 일전에 임모탈의 힘을 계승하는 과정에서 알게 되었던 사실이었다.

당시에 임모탈과 카데스가 우호적인 관계였기 때문일 수도 있고, 카데스와 관련없는 별개의 일이기에 그랬던 것일 수도 있다.

하지만 임모탈과 루가릭스가 무조건적인 적대 관계가 아니었을 것이라는 사실만큼은 확실했다.

골똘히 생각에 잠겨있던 훈이가 두 눈을 번쩍 떴다.

훈이의 뇌리에 생각난 인물이 한 명 있었기 때문이다.

'그래, 릴슨에게 한번 가 보자.'

로터스 길드 소속의 유저이자, 탐험가 클래스 랭킹 1위에 빛나는 릴슨.

그라면 분명 수많은 고대의 문서를 가지고 있을 것이고, 지금의 상황에서 루가릭스를 구슬릴 방법을 가지고 있을 것이라 믿었다.

임모탈과 어둠의 신룡 간의 정확한 관계.

과거의 고서들을 뒤져서 그것을 파악하면 되는 것이다.

훈이는 빠르게 걸음을 옮기기 시작했다.

루가릭스를 찾아 깨우라는 카데스의 퀘스트야 시간제한이 없었지만, 샬리언을 처치하라는 '사령의 군주'전직 퀘스트는 '60일' 이라는 시간제한이 있었기 때문이었다.

그리고 그중 벌써 3분의 1에 가까운 시간이 지나가 버렸으니, 여유 부릴 시간 따위는 없었다.

훈이는 얼른 채팅창을 열어 릴슨에게 메시지를 보냈다.

-훈이 : 릴슨 형, 지금 어디야?

"엇, 저 사람은?"

"웅? 누굴 본건데?"

"레비아 님. 레비아 님이야 분명!"

"어……? 그러네?"

'사령의 군장' 레이드에 참여하기 위해 중부 대륙으로 돌아온 이안과 헤르스의 파티.

레이드 보스가 등장했다는 협곡으로 움직이던 도중, 헤르스가 레비아를 발견한 것이다.

그리고 이안의 파티는, 잽싸게 레비아를 향해 다가갔다.

사제 랭킹 1위인 그녀를 파티에 받을 수만 있다면, 레이드가 훨씬 더 편해질 것이기 때문이었다.

"와, 레비아 님, 정말 오랜만이네."

"그러게요. 그나저나 레비아 님 등에 생긴 날개는 뭐죠? 너무 예쁘다."

"헐! 한정판 코스튬 같은 건가? 저런 간지 템을 팔았다는 얘긴 들어 본 적이 없는데."

로터스 길드의 파티원들이 웅성거리는 사이, 레비아의 일행 또한 이안을 발견했는지 시선을 돌렸다.

레비아는 활짝 웃으며 이안에게 다가왔다.

"오랜만이에요, 이안 님. 그동안 잘 지내신거죠?"

이안이 멋쩍은 표정으로 고개를 끄덕였다.

"뭐, 저야 늘 잘 지내죠."

그리고 레비아의 일행을 슬쩍 응시한 이안이 다시 말을 이었다.

"레비아 님도 혹시 레이드 가시는 중인가요?"

레비아가 고개를 끄덕이며 대답했다.

"네. 정확히는 더 중요한 목적이 있지만, 일단은 레이드 가는 건 맞아요."

그에 이안이 호기심 어린 표정으로 되물었다.

"다른 목적요? 그게 어떤 거죠?"

레비아는 순순히 대답해 주었다.

"사령의 군장이 막고 있는 곳을 뚫어야 리치 킹 샬리언이 있는 마탑으로 갈 수 있는 길이 열리거든요."

그녀의 대답에 이안의 두 눈이 살짝 커졌다.

-안녕하세요, 시청자 여러분! YTBC의 기자, 효민입니다.

한국대학교 후문에 자리 잡은 한 치킨 집.

아직 오후4시 반 밖에 되지 않은 제법 이른 시간이었지만, 벌써 남은 자리가 별로 보이지 않을 정도로 손님들이 빼곡하게 들어 차 있었다.

주말임을 감안하더라도 평소와는 확연히 다른 상황.

치킨집 주인은 신이 나서 알바들을 들볶고 있었다.

"유진아, 빨리 닭 튀겨라! 철호, 너는 뭐해? 지금 앉아 있을 시간 없어! 저쪽 창가 테이블 가서 주문 받고 와야지!"

그리고 무척이나 분주한 주방 못지않게, 들어앉은 손님들 또한 시끌벅적했다.

　정신이 없을 정도의 소란스러움이었지만 하나 공통점이 있다면, 모든 손님들의 시선이 치킨집의 벽에 걸려 있는 대형 벽걸이 TV에 향해 있다는 점이었다.

　"이야, 최초로 등장한 신화 등급이라더니 확실히 괴물이긴 하네."

　"그러니까 말이야. 방금 320레벨짜리 준랭커 기사 하나 순삭당한 거 봤어?"

　"응. 봤지. 진짜 미쳤다. 쿨도 짧아 보이는 논 타깃 스킬 한 방에 그대로 아웃이네."

　"그건 그 기사 놈 컨이 후져서 그런 거긴 한데, 그래도 진짜 엄청나다."

　치킨 집에 모여 있는 손님들의 관심사는 오로지 카일란이었고, 그중에서도 오늘 낮에 등장한 레이드 보스라는 '사령의 군주'에 대한 것이었다.

　"으, 나도 치킨 뜯으러 올 게 아니라 저기 가서 어떻게든 숟가락 얹었어야 하나?"

　"아서라, 인마. 200레벨도 못 찍은 녀석이 무슨 숟가락이야. 넌 유피르 협곡 가 보기도 전에 끔살이야."

　"하긴. 중부 대륙 북쪽 지역은 등장하는 몬스터가 기본 300레벨이니……."

TV에서 시선을 떼지 못한 채, 쉴 새 없이 재잘거리는 손님들.

그리고 화면 안의 기자 또한, 계속해서 상황에 대한 설명을 이어 가고 있었다.

화면의 한쪽에는 작은 보조 화면으로 캐스터 하인스의 모습이 비춰지고 있었고, 기자와 하인스의 대화 형식으로 레이드가 생중계되었다.

─여러분, 저기 보이시나요? 무려 450레벨의 신화 등급 레이드 보스의 위용입니다! 하지만 사실 레이드를 제대로 뛰어 보지 않은 분들에게는 이 레이드 보스의 강력함이 잘 와 닿지 않을 수도 있을 텐데요. 하인스 님, 간결하게 설명 부탁드려도 될까요?

─물론입니다. 효민 씨. 제가 아주 간결하게 설명해 드리지요. 지금 저 '사령의 군장'의 실질적인 전투력은 일반 던전에서 등장하는 보스였을 경우 500레벨은 훌쩍 넘길 수 있는 수준이라 보시면 됩니다.

─와, 정말 어마어마하군요.

─그렇습니다. 제 생각으로는, 아마 인간 종족의 모든 랭커 유저들이 전부 모여야 상대가 가능한 녀석이 아닐까 싶군요.

─그 정도일까요? 하지만 랭커들이 일반 레이드 보스를 잡기 위해 과연 이곳까지 모여 줄지……

화면을 시청하던 손님들이, 고개를 주억거리며 두런두런 얘기하기 시작했다.

"랭커가 뭐가 아쉬워서 레이드를 뛰러 오겠어? 그 시간에 차라리 신규 던전 한 번 도는 게 더 이득일 텐데 말이야."

"그러게. 레이드 보스는 좀 현실적인 레벨로 젠 시켜야 잡힐 텐데, LB사는 대체 무슨 생각으로 저런 괴물을 뿌린 거지?"

"이러다가 지난번에 북부 대륙에 떴던 400레벨짜리 설인처럼 일주일 동안 안 잡히는 거 아닐까요?"

"일주일 안에라도 잡히면 다행이라고 봅니다."

손님들의 대화는, 사실상 충분히 설득력 있는 것이었다.

지금 화면에 보이는 수많은 유저들은, 사령의 군장이라는 레이드 보스에게 맥도 못 추고 있었기 때문이었다.

그나마 300레벨 이상의 준랭커급 유저들이 어찌어찌 딜을 넣고는 있었지만, 빼곡한 보스의 생명력 게이지를 기준으로 보면 개미 발자국 수준으로 미미하다 할 수 있었다.

그리고 몰려드는 유저들을 도륙하는 '사령의 군장'의 위용은, 정말 압도적인 것이었다.

-크아아아! 미천한 인간들이여, 너희들의 영혼을 모두 거두어 나의 군대로 만들어 주마!

쿠쿵- 쿠쿠쿵-!

사령의 군장이 쥐고 있는 거대한 도끼창을 한 번 휘두를 때마다 수많은 유저들이 튕겨 나갔으며, 그의 왼손에서 보랏빛 섬광이 뿜어져 나올 때마다 수많은 언데드들이 소환되었다.

그는 마치, 흑마법사와 죽음의 기사를 섞어 놓은 듯한 느낌의 보스 몬스터였다.

–리치 킹 샬리언 님을 위하여!

–어둠의 제국을 위하여!

심지어 생성되는 언데드들조차 만만한 상대가 아니었다.

일반 등급의 스켈레톤마저도 350레벨에 육박하는 어마어마한 수준.

게다가 가끔 소환되는 400레벨 전설 등급의 데스 나이트는, 그 존재 하나만으로도 보스에 가까운 위용을 풍기고 있었다.

"어휴, 저래서는 숟가락 올리기도 힘들겠는데?"

"그러니까 말이야. 목숨은 부지하고 있어야 기여도가 인정 될 텐데, 죄다 몰살이네, 몰살이야."

"크크, 역시 치킨이나 뜯으러 오길 잘했어. 쓸데없이 숟가락 얹어 보려고 무리했으면 레벨 다운돼서 경험치 손해나 봤을 거야 분명."

손님들은 혀를 차며 연신 치킨을 뜯었다.

하지만 그럼에도 불구하고 영상미 자체는 뛰어났기에, 손님들은 흥미로운 표정으로 계속해서 TV를 시청하고 있었다.

그런데 바로 그때, 비관적인 상황에 대해 설명 중이던 기자 '효린'의 목소리 톤이, 갑자기 올라가기 시작했다.

–카메라! 카메라! 저기 저쪽 비춰 주세요!

–왜 그러시죠, 효린 씨?

–게이트에 갑자기 랭커들이 등장하고 있습니다! 빨리요!

그리고 그 말이 끝나기가 무섭게, 스크린은 효린이 아닌 유피르 협곡으로 들어오는 게이트를 비췄다.

이어서 효민과 하인스의 흥분한 목소리가 흘러나오기 시작했다.

−저기 맨앞에 들어온 전사 유제! 샤크란입니다! 분명해요!

−뒤쪽에는 레미르도 있군요! 엇, 벨리언트 길드의 마스터 로이첸도 보입니다!

−이야, 이 정도면 할 만하겠는데요? 시청자 여러분들께서도 이름 한 번 정도는 들어 보셨을 법한 랭커들이 열 명도 넘게 등장했습니다!

그런데 그들로 끝이 아니었다.

이어서 푸른빛으로 빛나는 게이트.

그리고 눈부신 빛이 퍼져 나가면서 등장한 일단의 무리가 비춰지자, 치킨 집이 터져 나갈 듯 환호성이 울려 퍼졌다.

"이안! 이안이다!"

"레비아도 있어!"

"로터스 길드다……!"

국가 단위의 대규모 전쟁이나 영지전같은 특수한 상황을 제외한다면, 카일란의 기본적인 파티 맥시멈은 20인이다.

그리고 그것은 보스 레이드에서도 마찬가지였다.

하지만 보스 레이드의 '보상'면에서만큼은, 파티가 크게 의미 있는 것이 아니었다. 레이드 보스가 주는 경험치가 얼마 되지 않을뿐더러, 아이템 드롭까지도 참여 인원 전부에게 같은 확률로 적용되기 때문이었다.

물론 같은 파티에 소속되어 있다면 스킬 연계나 서포팅을 할 때 더 유기적으로 움직일 수 있겠지만, 결과적으로는 모두가 한 팀이나 마찬가지다.

그렇기에 레이드 중계 방송을 시청 중인 유저들은 전율했다.

사실상 지금 이 상황은, 인간계 소속의 거의 모든 랭커들이 하나의 파티가 되어 레이드를 시작하는 형국이었기 때문이었다.

─와, 미쳤다. 이거 차원 전쟁 이후로 처음 있는 일 아니냐?

─그런 듯. 그냥 450레벨짜리 보스 몹 레이드 중계한대서 방송 틀었는데, 이거 뜻밖에 횡재네.

─키야, 샤크란, 이안 듀오를 다시 보는 날이 오게 되다니! 리얼 행복하다.

─나도.ㅋㅋ 샤크란이랑 이안은 다시 만나면 적으로 만날 줄 알았는데 말이지.

방송을 시청 중인 네티즌들은 물론, 현장에 있는 유저들도 어리둥절하기는 마찬가지였다.

　말도 안 되게 강력한 보스가 등장했다고는 하나, 수많은 랭커들이 이렇게 약속이라도 한 듯 나타난 것 자체가 신기했기 때문이었다.

　"샤크란 님, 레이드 끝나면 싸인 좀 해주세요!"

　"이안 님, 저도 파티 끼워 주시면 안 될까요? 파티했다가 바로 강퇴시키셔도 됩니다! 한 번이라도 같이 파티해 보는 게 소원이에요!"

　레이드 현장은 순식간에 소란스러워졌다.

　하지만 그것도 잠시일 뿐, 사령의 군장이 포효하자 전장에는 다시 긴장이 감돌기 시작했다.

　-모조리! 죽여 주마!

　대지가 울릴 정도로 강력하고 위협적인 포효.

　수많은 언데드 군단의 보호를 받고 있는 사령의 군장을 보며 이안이 속으로 입맛을 다셨다.

　'쩝, 이럴 때 마신의 분노만 쓸 수 있었어도……!'

　이안은 오랜 시간동안 인벤토리 안에 잠들어 있는 신화등급의 대궁인 '마신의 분노'를 생각하며 입맛을 다셨다.

　'노블레스'라는 조건을 충족시키지 못해 아직 사용하지 못하고 있는 이안의 두 번째 신화 등급 무기.

　사실 이안은 노블레스가 되기 위한 조건 자체는 갖추어 놓은 지 오래였다.

하지만 노블레스 작위를 사사받기 위해서는 마왕을 만나야 했는데, 아직까지 만날 수 없었던 것이다.

일전에는 마왕 릴리아나를 만나기 위해 얀쿤을 찾아갔던 적도 있었지만 릴리아나는커녕 얀쿤조차 만나지 못하고 돌아왔던 적도 있었다.

'뭐, 아쉬워해 봐야 소용없는 거니까.'

이안은 여느 때처럼 할리의 등에 올랐다.

그리고 뿍뿍이와 카르세우스에게 오더를 내렸다.

"브레스는 좀 아끼고 있어 봐. 우선 탐색전이야."

"알겠뿍!"

"알겠다, 주인."

일단 저 무지막지한 레이드 보스가 보유한 스킬들과 공격 패턴을 전부 알아낼 때까지, 재사용 대기 시간이 긴 스킬들은 사용을 보류하는 게 좋았다.

"레비아 님, 일단 좀 수비적으로 진행해 보죠?"

"그래요, 이안 님."

그리고 레비아의 뒤쪽에 있던 기사 클래스의 유저, 로무르가 이안에게 물었다.

"일단 돌파는 보류하는 겁니까?"

이안이 고개를 끄덕였다.

"예, 로무르 님, 우선 간 좀 보도록 하죠."

"알겠습니다."

얼추 각자의 역할이 정해지자 레비아가 허공에 손을 번쩍 치켜들었다.

"전장에 빛의 가호가 내리기를……!"

슈우우웅-!

그러자 하늘에 잔뜩 껴 있던 어두운 구름들 사이로, 수많은 빛줄기들이 내려와 전장에 있던 유저들에게로 스며들었다.

-15분간 빛의 가호를 받습니다.

-생명력의 최대치가 10퍼센트만큼 증가합니다.

-방어력이 5퍼센트만큼 증가합니다.

-빛의 가호가 지속되는 동안, 모든 피해의 3퍼센트만큼을 흡수합니다.

그리고 버프를 받은 유저들의 눈이 휘둥그레졌다.

"뭐지? 이 사기적인 버프는?"

"사제 스킬에 이런 게 있었어?"

"와, 역시 랭킹 1위는 괜히 랭킹 1위가 아닌 건가."

놀라운 버프 효과에 유저들은 감탄을 금치 못했다.

하지만 거기서 끝이 아니었다.

버프를 발동시킨 레비아가 돌연 허공으로 날아오른 것이다.

펄럭-!

그녀의 등 뒤에 달려 있던 새하얀 날개가 밝게 빛나더니, 순식간에 허공으로 솟구쳐 오른 것이다.

그것을 본 이안이 혀를 내둘렀다.

'와, 저건 대체 무슨 아이템이지? 망토류 아이템인가?'

허공을 자유자제로 비행할 수 있다면, 전투에 훨씬 더 많은 변수를 만들어 낼 수 있다.

물론 이안도 핀이나 카르세우스 등 허공 비행이 가능한 소환수를 탑승할 수 있지만, 본인이 직접 비행할 수 있는 것과는 다른 차원의 문제였다.

정령왕의 심판을 고쳐 쥔 이안이 언데드 군단을 향해 달려들며 속으로 투덜거렸다.

'에이, 훈이 이 녀석은 대체 어디 간 거야? 하르가수스라도 소환할 수 있었으면 좀 더 편했을 텐데.'

계약자인 훈이와 함께할 때만 발동시킬 수 있는 어둠의 소환술사 퓨전 스킬들. 그중에서도 하르가수스의 비행 능력과 강하 고유 능력이 잠시 아쉬웠던 이안은, 살짝 입맛을 다셨다.

"오호. 그러니까 어둠의 신룡인 루가릭스에 대한 고문서를 찾고 싶은 거야?"

"응. 루가릭스뿐만 아니라 카데스나 임모탈에 관한 문서도 있으면 다 확인해 보고 싶어. 어떻게든 어둠의 신룡을 내 편으로 만들어야만 하거든."

훈이는 그간 있었던 퀘스트의 진행 상황, 그리고 카데스의 음모에 관한 이야기를 릴슨에게 전부 다 해 주었다.

같은 로터스 길드원인 릴슨에게라면 정보를 공유하는 것이 크게 아깝지 않았고, 더해서 자신도 얻어야 할 정보들이 많았으니 말이다.

설명을 전부 듣고 난 릴슨은 눈을 크게 뜨며 감탄했다.

"와, 진짜야? 그게 사실이라면, NPC들이 유저한테 페이크를 쓰기도 한다는 얘기네?"

"내가 형한테 왜 거짓말을 치겠어? 당연히 사실이지. 나도 알아차리고는 진짜 식겁했다니까? 아무 생각 없이 게임했다간 뒤통수 맞을 뻔했어. 형도 앞으로 조심하라고."

훈이의 말에 고개를 주억거린 릴슨은 다시 입을 열었다.

"그러게. 조심해야겠다. 아직까지 그런 훼이크 퀘스트를 받아 본 적은 없지만……."

이어서 릴슨은 인벤토리를 뒤지기 시작했다.

"잠시만 기다려 봐. 인벤토리를 한번 뒤져 볼게. 분명 그에 관련된 고서나 유물을 가지고 있는 게 있을 거야. 근데 잡템이 하도 많아서 분류하는 데 시간이 좀 걸리거든. 괜찮겠어?"

"오케이, 부탁 좀 할게 형."

그리고 말이 끝나기가 무섭게, 릴슨의 인벤토리에서 아이템들이 튀어나오기 시작했다.

툭- 투툭- 툭-.

-고대 거신족과 마족들의 전쟁기록서.

-홀드림과 성배의 비밀.

-고대 아르노빌 제국의 멸망과 카이몬 제국의 탄생 비화.

(중략)

-카일란 신좌의 17신과 13마신들.

훈이는 무의식적으로 튀어나오는 고대 서적들의 정보를 확인했고, 그러던 와중에 한 가지의 제목에 시선이 고정되었다.

'카일란 신좌의 17신과 13마신들……이라고?'

훈이는 게임을 무척이나 진지하게 플레이하는 유저다.

여기서 '진지'란 일반적인 유저들과는 조금 다른 의미에서의 진지함이었다.

게임을 플레이하면서 그 세계관과 상황에 완벽히 동화되도록 노력한다는 것.

예를 들자면, 마치 진짜로 흑마법사가 된 듯 행동하고 말하는 것도 같은 맥락이었다.

때문에 중2병이라고 오해(?)를 받곤 했으니까.

어쨌든 그렇기에, 훈이는 카일란의 세계관에 대해 누구보다도 잘 이해하고 있었다.

세계관에 몰입하기 위해 일반 유저들은 잘 챙겨 보지 않는 카일란 공식 홈페이지의 시네마틱 영상들을 하나도 빠짐없이 전부 봤을 정도니까.

그런데 그런 훈이조차도 '13마신'이라는 단어는 처음 보는 것이었다.

'이거 흥미로운데?'

인벤토리를 열심히 뒤지고 있는 릴슨을 향해, 훈이가 입을 열었다.

"릴슨 형, 나 저 책 좀 읽어봐도 돼?"

그리고 릴슨은, 훈이에게는 눈길도 주지 않은 채 고개를 끄덕이며 대답했다.

"그래. 난 그동안 도움될 만한 고서들 정리해 놓고 있을게."

릴슨의 대답이 떨어지기가 무섭게, 훈이는 책을 집어 들었다.

13마신에 대한 호기심도 호기심이지만, 왠지 이 책에서 괜찮은 단서를 찾을 수도 있을 것 같다는 느낌이 들었다.

훈이는 설레는 마음으로, 고서의 낡고 두꺼운 하드커버를 천천히 넘겼다.

그리고 그 첫 장에는, 누렇게 뜬 종이와는 어울리지 않게 금빛으로 쓰여 진 한 줄의 글귀가 박혀 있었다.

그것은 카일란에 처음 캐릭터를 생성했을 때 상영되는 시네마틱 영상에도 등장하는 문구였다.

－태초의 카일란에는, 총 열일곱 명의 각기 다른 권능을 가진 신들이 존재했다.

신들의 권능은 신자信者에게서 나온다.

쉽게 말하면, 해당 신을 믿는 신자가 많아질수록 그 권능이 강력해진다는 이야기였다.

그렇다면 신자가 없는 신은 아무런 힘도 없는 것일까?

그건 아니었다.

신자가 존재하건 하지 않건, 태초부터 존재한 신들이 가진 고유한 힘은 막강한 것이었으니까.

다만 가진 권능의 힘에 따라 신들의 서열이 정해지게 되며, 일정 수준 이상의 권능을 가져야만 차원계에 현신할 자격이 생기기에 신들은 항상 경쟁했다.

그리고 차원계에 현신할 수 있을 정도로 강력한 권능을 가진 신들은, 그에 걸맞은 책임을 부여받는다.

차원계의 조화와 균형의 수호.

만약 욕심에 눈이 멀어 이 책임을 등한시한다면 인간들은 그를 믿지 않을 것이며, 권능은 약해질 수밖에 없는 것이다.

열심히 독서를 하던 훈이가 중얼거렸다.

"그래서 차원 전쟁때 다섯 신밖에 나타나지 않은 거였네."

훈이가 항상 궁금했던 부분.

분명 처음 게임을 접할 때는 인간계를 수호하는 열일곱의 신이 존재한다고 설명되는데, 인간계의 대부분의 NPC들은 다섯 신의 존재밖에는 알지 못한다.

또 실제로 인간계에 한 번씩 나타나는 신들은, 항상 다섯의 신이 고정적이었다.

그것이 항상 이상했는데, 그 이유를 알게 된 것이다.

더해서 카데스의 행보도 이해가 되기 시작했다.

'그렇다면 카데스가 리치 킹을 돕는 것은 자신의 영향력을 키우기 위해서 이겠고.'

리치킹이 거대한 어둠의 제국을 세우게 되면 카데스의 권능은 더욱 강해질 게 분명했다.

망자들이 추종하는 신이 바로, 어둠의 신인 카데스였으니까.

이로서 훈이의 첫 번째 의문이 풀렸다.

하지만 훈이는 책을 덮지 않았다.

아직 많은 내용이 남았고, 이 뒤쪽에서는 또 다른 열쇠를 얻을 수 있을 것 같았기 때문이었다.

'신룡과 신의 관계. 그것에 대해 알아내야 해.'

평소에 책이라면 진절머리를 치던 훈이의 열정적인 독서.

그리고 잠시 후, 훈이의 눈에 이채가 어렸다.

신룡과 관련된 것은 아니었지만, 원하던 내용 중 하나가 담긴 챕터를 발견한 것이다.

―신의 사자使者, 그들의 활약.

훈이는 빼곡히 쓰여 있는 문구를 빠르게 읽어 내려가기 시작했다.

가독성도 엉망일 정도로 촘촘하게 쓰여 진데다 군데군데

뜯겨 있어 유실된 내용도 많은 글이었으나, 훈이의 집중력은 그 어느 때보다 높은 상태였기에 상관없었다.

그리고 읽어 내려가던 중 훈이는 반가운 이름들을 발견했다.

─콜로나르력, 3950년.

─마계의 무시무시한 군대가 차원을 넘어 대륙에 침략하였다.

─그들은 무척이나 잔혹했으며, 강력했다.

─인간들의 군대는 악귀들을 막을 힘이 부족했고, 수많은 사람들이 그들의 손에 죽어 갔다.

(중략)

─그러던 어느 날, 불패의 검사 카이자르가 나타났다.

─그는 용맹하고 강력했고, 그의 대검에 수많은 마수들과 마족들이 소멸했다.

─그는, 전쟁의 신 마레스님의 사자였다.

훈이는 피식 웃었다.

이에 대해서는, 지난 차원 전쟁을 치르면서 알게 되었던 사실이기 때문이었다.

하지만 다음 순간, 기분이 확 상했는지 인상을 찌푸렸다.

카이자르와의 앙금은 많이 사라진 상태였지만, 굴욕적인 주종 관계는 아직 남아 있었기 때문이었다.

"쳇."

작게 투덜거린 훈이는 다시 책장을 넘기기 시작했다.

그런데 잠시 후 훈이의 두 눈이 살짝 커졌다.

의외의 흥미로운 기록을 발견했기 때문이었다.

—콜로나르력, 2547년.

—제국 전역에 무시무시한 전염병이 돌았다.

—수많은 백성들이 고통에 울부짖었고, 면역력이 약한 어린 아이들은 속수무책으로 죽어 나갔다.

—그러던 어느 날, 성녀 아르나샤께서 나타나셨다.

—성녀께선, 빛의 가호를 내려 백성들의 전염병을 치료하셨다.

—그녀는 빛의 신, 아르네시스 님의 사자셨다.

"빛의 신 아르네시스라고?"

완벽히 처음 들어 보는 이름이었다.

그리고 곧 혼란이 찾아왔다.

'현신할 정도의 권능을 쌓았던 신이, 다섯 신 말고 더 있었어? 그렇다면 지금은 왜 보이지 않는 거지? 쌓았던 권능을 다시 잃을 수도 있는 건가?'

훈이는 흥미로운 표정으로 계속해서 책장을 넘겼다.

그리고 곧, 원하던 내용을 찾아낼 수 있었다.

더해서 그 내용 덕에 그동안 잊고 있던 영상도 하나 떠올릴 수 있었다.

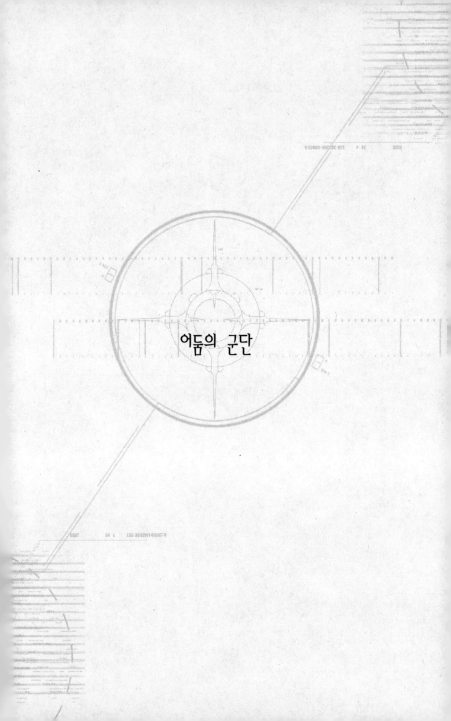

어둠의 군단

Taming Master

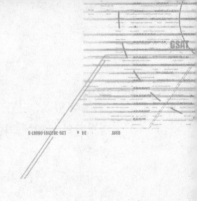

너무도 익숙한 분위기.

어둠의 신 카데스의 신전과 꼭 빼어 닮은, 칠흑과도 같은 어둠 속.

그 안에는 새카만 블랙 드래곤 한 마리와, 음울한 분위기를 풍기는 두 남자가 서 있었다.

훈이가 너무나도 잘 알고 있는 두 남자, 임모탈과 카데스가 서로를 마주보며 대화를 나눴다.

"임모탈, 그대가 루가릭스를 도울 수 있겠는가."

백발에 흑의 로브를 두른 남자, 카데스.

그가 입을 열자, 임모탈이 한쪽 무릎을 꿇은 채 공손히 고개를 숙여 보였다.

"여부가 있겠습니까, 어둠의 신이시여."

임모탈의 대답에 카데스가 고개를 끄덕여 보이며 시선을 돌렸다.

그리고 그곳에는 거대한 블랙 드래곤, 루가릭스가 앉아 있었다.

"루가릭스, 너도 잘할 수 있겠지?"

루가릭스 역시 공손히 고개를 숙였다.

"물론입니다, 카데스 님. 실망시켜 드리지 않을 것입니다."

하나의 기억이 훈이의 머릿속을 빠르게 훑고 지나갔다.

차원전쟁 당시 재생되었던 에피소드 영상이 훈이의 뇌리를 스치고 지나간 것이다.

훈이는 당시에는 무척이나 흥미롭게 시청했었지만 어느새 잊고 있었던 영상을 떠올렸다.

"맞아, 그랬었지!"

자신도 모르게 탄성을 내뱉는 훈이를, 릴슨이 멀뚱한 표정으로 쳐다보았다.

"뭐해? 책 읽다 말고."

그에 훈이가 멋쩍은 표정으로 대꾸했다.

"아, 뭐 좀 생각난 게 있어서 형. 형은 정리 다 끝나 가는 거야?"

릴슨이 고개를 저었다.

"노노, 아직 멀었어. 좀만 더 읽으면서 기다려."

"알겠어."

대답을 마친 훈이가 눈을 감고 골똘히 생각에 잠겼다.

단서가 하나 더 생긴 것이다.

'그래, 이로써 하나만큼은 확실해졌어. 최소한 그 세 존재가 원래부터 갈등을 가진 존재는 아니었던 거야.'

훈이가 겪은 차원 전쟁은 1년 정도 전의 일이지만, 영상 속에 등장했던 차원 전쟁은 1천 년도 넘게 지난 과거다.

그 사이에 무슨 일이 생겨 임모탈과 갈등이 생겼다고 하더라도 이상할 것이 전혀 없었다.

그리고 여기까지 생각이 진행되자 훈이의 머릿속에 있는 또 하나의 퍼즐이 스르륵 맞춰졌다.

'그러고 보니 이번 차원 전쟁에서 임모탈은 나타나지 않았었네. 내가 임모탈의 대리인이기는 했지만, 그가 나타나지 못할 이유도 딱히 없었는데 말이지.'

임모탈은 건재하다.

훈이는 임모탈의 권능을 이어받기 위해 그에게 '도전'했던 것뿐이고, 당시 임모탈은 훈이의 힘을 '인정'했을 뿐이었다.

그로 인해 임모탈이 소멸되거나 하지는 않았던 것이다.

심지어 당시 임모탈은 이안에게 새로운 퀘스트를 쥐어 주기까지 하지 않았는가!

'임모탈은 혹시 그 탑을 벗어날 수 없는 건가? 모종의 이

유 때문에?'

임모탈과 카데스.

그 둘 사이에는 분명 어떤 사건이 존재했다.

언제일지 알 수 없는 지난 1천 년 사이에……

훈이는 '그 사건' 안에 핵심적인 열쇠가 있을 것이라고 확신했다.

그것은 차기 어둠의 군주로서의 감이었다.

'좋아, 그럼 이제 한번 펼쳐 볼까?'

훈이의 두 눈의 초점이 다시 고서의 위로 옮겨졌다.

그리고 훈이에게 이 모든 기억을 떠오르게 해 준 한 줄의 문구가 금빛으로 반짝이고 있었다.

─버림받은 어둠의 군주와 지저地底의 제국.

흑마법사, 데스 나이트.

그리고 언데드.

어둠 속성을 가진 모든 이들을 상대로 이안은 막강한 전투력을 발휘할 수 있다.

이안의 노예인 '카카'의 존재 자체가 어둠이며, 또한 어둠의 천적이기 때문이었다.

하지만 지금 이안의 바로 옆에 그의 상성이 무색할 정도로 어둠을 학살하는 인물이 하나 있었다.

빛의 성녀 레비아.

그녀의 스킬이 하나 발동될 때마다 400레벨에 육박하는 언데드들이 가루가 되어 사라지고 있었다.

"빛의 여신, 아르네시스 님의 이름으로……!"

하얀 날개를 활짝 펼친 채 허공에 떠 있는 레비아.

두 눈을 감고 가만히 손을 모으고 있는 그녀를 사령의 군장은 어찌하지 못하였다.

그의 어둠 마법들이 레비아의 근처에만 가면, 오간 데 없이 소멸해 버렸기 때문이었다.

-크으윽, 아르네시스의 종이 여기에 어떻게……!

어둠의 연기 속에서 일어선 언데드들은 휘황찬란하게 내려앉는 빛줄기들을 감당하지 못했고, 레비아의 엄청난 위용 앞에 사령의 군장을 감싸고 있던 수많은 언데드 군단이 바스라지기 시작했다.

그것은 그야말로 장관이라 칭하기 아깝지 않은 광경이었다.

"이거, 이러면 생각보다 더 쉬워질 수 있겠는데?"

레비아는 마치 언데드를 말살하기 위해 태어난 듯, 미친 듯한 신성력을 뿜어내고 있었다.

그녀의 하얀 날개를 슬쩍 바라본 이안이 입꼬리를 슬쩍 말아 올렸다.

아무래도 이 사기적인 능력은 저 날개로부터 나오는 듯

했다.

'일시적인 퀘스트 템 같은 건가? 하긴. LB사에서 이 정도로 밸런스 붕괴 템을 내놓지는 않았을 테니까.'

어쨌든 이안으로서는 지금의 이 상황을 이용하기만 하면 될 뿐이었다.

아쉽게 레비아의 광역기도 '사령의 군장'에게 큰 피해를 주지 못했지만, 길이 뚫렸으니 이제 이안을 비롯한 다른 랭커들의 차례였다.

처척— 척—!

그리고 사전에 맞추기라도 한 듯, 랭커 유저들이 동시에 지면을 박차며 뛰어올랐다.

옆에서 한 발 빠르게 뛰어오른 샤크란을 발견한 이안이, 씨익 웃으며 인사했다.

"아재, 오랜만입니다?"

"시끄럽다, 이놈아."

샤크란은 한껏 인상을 찌푸리며 더욱 빠르게 발을 놀렸다.

다음 순간, 샤크란의 신형이 핏빛으로 물들기 시작했다.

그러고는 순식간에 핏빛 그림자가 되어 버렸다.

이어서 그 인영이, 십수 갈래로 쪼개졌다.

그것을 본 이안이 속으로 중얼거렸다.

'아재, 분신 숫자가 더 늘어났군. 어마어마한데?'

이안은 강해졌고, 계속해서 더 성장하고 있다.

하지만 그동안 다른 랭커들도 놀지 않았다.

아니, 앞서 나가는 이안을 위협하기 충분할 정도로 악착같이 성장하고 있었다.

그에 이안은 가슴이 뛰는 것을 느꼈다.

'샤크란, 레미르. 레비아……. 그리고 훈이.'

안면이 있고 친분이 있는 실력자들부터 시작해서, 나열할 수도 없을 정도로 많은 인간계의 랭커들.

그 수십 명의 랭커들이 동시에 공격을 퍼붓는 광경은, 입이 쩍 벌어질 정도로 엄청난 것이었다.

쿠르릉- 쿠쿵- 쿵-!

맵 전체가 진동할 정도로 대지가 요란스레 흔들린다.

하이 티어 스킬들이 동시다발적으로 발동되니, 그 여파가 어마어마한 것이다.

줄어들지 않을 것만 같던 레이드 보스의 생명력이 깎여 나간 게 눈에 보일 정도였다.

하지만 사령의 군장도 가만히 당하고만 있지는 않았다.

-쥐새끼 같은 놈들!

분노한 사령의 군장이 무기를 거칠게 휘둘렀다.

콰쾅- 쾅-!

그러자 몇몇 기사클래스 유저들이 뒤쪽으로 튕겨 나갔다.

게다가 그중 미처 대처하지 못한 두셋 정도는, 그대로 새까만 재가 되어 버리고 말았다.

일반 공격 단 한 방에 사망해 버린 것이다.

누군가의 입에서 탄성인지 투덜거림인지 모를 한 마디가 흘러나왔다.

"와 씨, 무슨 일반 공격이 저래?"

방패 컨트롤을 정상적으로 한 기사 유저들의 생명력까지도 거의 절반이나 깎인 상황이었다.

450레벨 레이드 보스의 위용을 제대로 보여 주는 공격력이었다.

하지만 거기서 끝이 아니었다.

도끼 창을 휘둘러 기사들을 튕겨 낸 사령의 군장이, 그 궤적을 살짝 틀어 올리며 다시 창극을 치켜든 것이다.

그리고 까만 도끼날의 끝에서, 보랏빛의 기운이 흘러넘치기 시작했다.

"범위다! 피해!"

유저들은 누군가의 외침과 함께, 썰물처럼 빠져나갔다.

하지만 그 경고에도 불구하고, 전장에서 이탈하지 않는 유저들이 있었다.

그리고 그중 가장 앞쪽에 있던 헤르스는 아예 방패를 치켜들며 한쪽 다리를 뒤로 내뻗었다.

가장 많은 충격을 흡수해 낼 수 있는 방어 자세.

이어서 기사 클래스 최상위 티어의 방어 스킬인 '신의 방벽'이 펼쳐졌다.

우우웅-!

신의 방벽은 범위 공격기를 막아 내는 데 최적화된 기사 클래스의 스킬로, 범위 공격기가 발동되는 지점에 정확히 가져다 대면 스플레쉬 대미지를 모조리 흡수해 버리는 고급 스킬이었다.

다만 신의 방벽을 펼치는 그 자신은 방벽의 피해 흡수 효과를 볼 수 없다는 약점이 있다.

그렇기에 헤르스의 이 판단은, 일견 무모해 보일 수도 있는 것이었다.

-헐, 미쳤어!
-아무리 기사 랭커라도 저건 맞으면 즉사 각인데?

그런데 바로 그 순간, 사령의 군장의 무기가 헤르스의 방패에 닿기 바로 직전에 몇 겹의 보호막이 동시다발적으로 헤르스에게 시전되었다.

그 찰나의 타이밍에 마법사 랭커들과 사제 클래스 랭커들이 실드 마법을 시전한 것이었다.

콰아앙-!

이어서 헤르스의 방패에서 커다란 충돌음이 퍼져 나갔고, 뒷발을 축으로 버티던 헤르스의 몸이 3미터가량 뒤로 밀려나갔다.

하지만 헤르스는 살아남았고, 심지어 생명력도 30퍼센트밖에 닳지 않았다.

타이밍 좋게 들어온 실드 마법들과 헤르스의 방패 컨트롤이 대부분의 피해량을 흡수한 것이다.

게다가 헤르스의 '신의 방벽' 덕에 모든 범위 피해는 모조리 증발해 버렸다.

모르는 유저들이 보면 그저 기사 클래스 유저가 보스의 단일기를 막은 것처럼 보이는 별것 아닌 장면이었지만, 이해도가 있는 유저들은 감탄할 수밖에 없었다.

이 찰나지간에 얼마나 많은 계산이 들어가 있는지 보이기 때문이었다.

아니나 다를까, 채팅 창의 스크롤이 미친 듯이 밀려 내려가고 있었다.

-와, 쟤 헤르스지?

-ㅇㅇ, 로터스 길마 헤르스 맞음.

-크으, 진짜 배짱 지리네. 대체 뭘 믿고 저기서 가드 칠 생각을 한 거지?

-내 말이.ㅋㅋ 보스 공격 동작 시작될 때까지도 아무 실드 안 걸려 있었는데, 진짜 깡 좋네.

-뭘 믿긴요, 길드원들 믿은 거죠. 저기 뒤로 안 빠지고 남아 있는 애들 전부 로터스 애들인 거 안 보임?

-어? 그러네. 크으, 로터스 파티플 미쳤네 진짜.

헤르스는 330레벨도 넘는 초고레벨 기사 클래스였지만, 사령의 군장은 450레벨이라는 괴물 같은 레벨의 보스 몬스터였다.

게다가 일반 보스도 아니고 필드에서 튀어나온 레이드 보스 몬스터였다.

랭커급 기사 클래스가 가드를 친다 하더라도, 450레벨 레이드 보스가 시전하는 스킬을 맞는다면 그대로 게임 아웃될 수밖에 없는 것이다.

방금 공격에서 헤르스가 살아남기 위해 필요했던 최소한의 조건은, 거의 최대치까지의 피해 흡수율을 만들어 낼 수 있는 방패 컨트롤과 최소 세 개 이상의 실드 마법이었다.

자신의 컨트롤과 길드원들의 실력을 믿지 않는다면 절대로 불가능한 장면이었던 것이다.

그 순간에 길드원들을 믿고 방패를 꺼내 든 헤르스도, 헤르스를 믿고 뒤로 빠지지 않은 로터스 길드원들도 말이다.

-역시 랭커들은 다르네. 나 같으면 쫄려서 그냥 피했을 텐데.
-ㅋㅋㅋ동감임. 헤르스 레벨 300도 훌쩍 넘을 텐데, 레이드 보스한테 죽어서 랩따 당하면 그거만큼 억울한 게 어디 있음?
-헤르스도 헤르스지만, 로터스 랭커들 하나도 빠짐없이 자리 지킨 거

보셈. 방금 헤르스가 못 막았으면 저기 저 인원 죄다 전멸임.

　-크으, 난 방금 헤르스 방패 컨 보고 지렸다. 방금 방패 결 타고 파란 색 파동 퍼져 나간 거 본 사람 있지?

　-ㅇㅇ, 나도 봤음.

　-잉? 그건 뭐예요? 나 기사 초본데 좀 알려 주셈.

　-그 파란색 파동이, 피해 흡수율 90퍼센트 이상 떠야 나타나는 이펙트 예요. 아무리 초보라도 기사 클래스시면 그 정도는 알아 두시는 게…….

　-아하, 그렇구나.

　중계 채널의 시청자들은 쉴 새 없이 떠들어 댔다.

　하지만 놀란 것은 시청자들뿐이 아니었다.

　자리에 있던 랭커들도 로터스 길드의 팀플레이에 적잖이 놀란 것이다.

　"이야, 명불허전 로터스! 배짱도 좋네."

　레미르의 감탄사에 옆에 있던 이안이 피식 웃었다.

　"그러는 누나는? 누나도 헤르스 믿고 안 빠지고 있었던 거 아니야?"

　"당연하지. 내가 니들이랑 파티 플레이 한두 번 했냐?"

　레미르도 헤르스가 막아 낼 것을 예측하고, 그 타이밍에 오히려 공격 마법을 캐스팅하고 있었던 것이다.

　이안이 소환수들을 컨트롤하며 레미르에게 한마디 덧붙였다.

"그러니까 이제 우리 길드 좀 들어오라고. 어차피 우리랑 사냥 자주하면서, 왜 안 들어오고 버티는 건데?"

"그, 그건…… 난 그냥 혼자가 좋으니까!"

혹사당하는 훈이와 유신을 보면 무서워서 들어가지 못하겠다는 말은, 차마 하지 못하는 레미르였다.

그리고 두 사람이 투닥거리는 사이에, 캐스팅이 끝난 레미르의 공격 마법이 붉은 빛을 뿜어내었다.

번쩍-!

사령의 군주 아래로 붉은 빛깔의 화려한 마법진이 생성되었다.

그것을 발견한 누군가가 탄성을 내지른다.

"메테오다!"

이어서 레미르가 전장을 향해 커다랗게 소리쳤다.

"보스 못 움직이게 발 묶어 주세요!"

운석 소환 마법진이 생성되면, 정확히 10초 뒤에 그 자리로 거대한 메테오가 떨어져 내린다.

캐스팅 시간도 긴 데다가 발동에 걸리는 시간도 길어서 제대로 쓰기 무척이나 까다로운 스킬인 메테오.

하늘 높이 빛나는 붉은 구체가, 지상을 향해 빠르게 쇄도하기 시작했다.

우우웅-!

훈이의 손에 들려 있는 칠흑빛의 완드가 강렬하게 진동

했다.

이어서 완드의 끝을 타고 흘러나오는 새카만 연무煙霧.

신비한 기운을 지닌 그 까만 연기들이 훈이의 손짓을 따라 춤을 추더니, 기이한 뱀 모양의 문양을 만들며 허공에서 사라졌다.

그것을 본 릴슨의 두 눈이 살짝 커졌다.

"이야, 그거 뭐야? 어떻게 한 거야? 신기하다. 흑마법사는 다 할 수 있는 거야?"

릴슨은 눈을 커다랗게 뜬 채 속사포처럼 말을 이었다.

훈이가 씨익 웃으며 완드를 까딱까딱 흔들었다.

이안의 팀킬 덕에 뜻밖에 획득할 수 있었던 신화 등급의 무기 상자.

그 상자에서 얻은 소중한 완드였다.

"이 완드로만 가능한 거야, 형. 이거 무려 신화 등급이거든."

그 말에 릴슨의 입술이 삐죽 튀어나왔다.

"잘났다, 잘났어. 에휴, 나는 언제 신화 등급 무기 가져보냐. 그러고 보니 이안이 무기도 신화 등급이어서 번개가 번쩍거리는 건가?"

"아마 그럴지도……?"

릴슨의 호기심을 풀어 준 훈이는 무척이나 집중한 표정으로 같은 행동을 연달아 반복했다.

하지만 곧 시무룩해진 표정으로 의자에 털썩 주저앉았다.

그것을 본 릴슨이 피식 웃으며 입을 열었다.

"뭔가 찾은 것처럼 신난 표정이더니, 갑자기 왜 시무룩해졌어?"

릴슨은 대충 고서 정리 작업이 끝났는지, 훈이의 옆에 같이 주저앉았다.

훈이가 입이 삐죽 나온 채 대답했다.

"찾으면 뭐 해. 읽을 수가 없는데."

"음?"

"형이 이 책 한번 봐."

훈이는 들고 있던 책을 릴슨을 향해 가볍게 던졌고, 릴슨은 당황한 표정으로 그것을 받아들었다.

그리고 슬쩍 훑어 본 릴슨이 의아한 표정으로 중얼거렸다.

"왜 그래? 전혀 문제없어 보이는 책인데."

훈이가 고개를 저으며 말을 이었다.

"그 다음 장 펼쳐 봐."

"응?"

"봉인이라도 되어 있는 건지, 저 뒤로는 펼쳐지지가 않아. 펼치려고만 하면 그 이상한 뱀 문양만 반짝반짝 빛나고 말이야."

릴슨은 훈이의 말대로 해 보았다.

그러자 정말 페이지는 넘어가지 않았고, 그 아래쪽에 새겨진 특이한 뱀 문양만 보랏빛으로 반짝일 뿐이었다.

훈이가 방금 전까지 열심히 연기를 이용해 만들어 보던 바로 그 문양이었다.

릴슨이 호기심 어린 표정으로 중얼거렸다.

"버림받은 어둠의 군주와 지저의 제국이라……. 이 부분만 안 펼쳐지는 거지?"

훈이가 고개를 주억거렸다.

"응. 조건이 충족되지 않았다는 메시지만 뜨면서 그 부분이 안 열리더라고."

"크, 이거 진짜 궁금하게 만들어 놨네. 그 얘기 들으니까 나까지 궁금해진다, 야."

"그러니까 말이야."

실소를 흘린 릴슨이 훈이를 톡톡 건드리며 다시 입을 열었다.

"그럼 다른 거 먼저 읽는 게 어때?"

"응?"

"이거 말고 다른 서적 말이야."

"오, 분류가 다 끝난 거야?"

훈이의 물음에 릴슨은, 대답 대신 일어나 손을 쫙 펼쳤다.

"짜잔, 여기 이 책들. 전부 네가 말했던 내용들과 관련된 서적들이야. 그러니까 그 부분 안 펼쳐진다고 너무 심란해하지 말라고."

"……!"

훈이의 앞에 놓인 셀 수 없이 많은 고서들.

산더미처럼 쌓여 있는 낡은 고문서들을 보며, 훈이는 자신도 모르게 헛바람을 들이켰다.

"이, 이게 다 관련된 유물들이야?"

릴슨이 빙긋 웃으며 고개를 끄덕였다.

"그렇다니까?"

훈이는 울상이 되었다.

아무리 카일란의 모든 것이 흥미롭다 하여도, 기본적으로 독서를 싫어하는 훈이에게 이것은 너무 많은 분량의 책이었으니까.

"하아, 이걸 어쩐다……."

훈이는 펜타S 등급의 퀘스트를 받았을 때만큼이나 난처한 표정이 되었다.

그런데 그때, 훈이의 눈앞에 생각지도 못했던 시스템 메시지들이 떠오르기 시작했다.

띠링-!

-모든 조건이 충족되어, 스토리가 완성되었습니다.

-숨겨진 에피소드, '어둠의 비사 I'이 오픈됩니다.

-비공개 에피소드이므로, 조건을 충족한 이에게만 에피소드가 공개됩니다.

이어서 훈이의 앞에 놓여 있던 수십 권의 책들이 허공으로 떠올랐다.

"어, 어어!"

훈이는 당황한 표정이 되어 한 걸음 뒤로 물러섰다.

그리고 훈이가 정신을 차리기도 전에, 그의 시야가 까맣게 어두워졌다.

"……?"

이어서 어두워진 훈이의 시야에, 새로운 영상이 떠오르기 시작했다.

인간은 평균적으로 백년 이내의 수명을 갖는다.

하지만 그중, 비정상적으로 긴 수명을 갖게 되거나 경우에 따라 영생을 누리는 특별한 경우가 몇 가지 있는데, 그 중 하나의 케이스가 바로 신의 사자가 되는 것이었다.

신으로부터 소명召命을 받고 '그의 일'을 돕는 동안, 생사의 제약이 사라지게 되는 것이다.

소명을 다른 이에게 넘기거나 신에게 다시 회수당하지만 않는다면, 영생이나 마찬가지의 삶을 얻게 되는 게 바로 신의 사자였다.

그렇다면 신의 사자가 되는 방법에는 어떤 것이 있을까?

방법은 위에서 언급했던 단 두 가지였다.

신으로부터 선택을 받거나, 기존에 있던 사자의 소명을 잇는 것.

카데스가 선택한 '신의 사자'였던 임모탈은, 자신의 소명을 물려주려 했던 적이 딱 한번 있었다.

자신의 제자였던 일곱 명의 흑마법사들 중 '가장 실력이 부족했던 한 명'에게 말이다.

그는 임모탈의 일곱 제자 중 막내였던 '라데우스'였다.

ㅡ라데우스, 나의 제자야.

ㅡ하명하십시오, 스승님.

ㅡ나는 이제 그만 업을 내려놓고, 어둠의 품으로 돌아가고 싶구나.

ㅡ스승님!

ㅡ하여, 네가 이 못난 스승의 소명을 이어 주었으면 하는데, 내 부탁을 들어주겠느냐.

ㅡ그 소명이란 것이 무엇이옵니까?

ㅡ어둠의 신, 카데스 님의 뜻을 받드는 일이니라.

신의 사자란, 과도한 욕망을 가져서는 안 되는 존재이다.

신이 허락한 강력한 힘과 무한에 가까운 수명을 갖게 되기에, 그가 세속적인 욕망을 갖는 순간 인세에는 필연적으로 혼란이 찾아오기 때문이다.

물론 완전한 무욕의 존재가 될 필요는 없었으나, 적당한 선이라는 것을 지켜야만 했다.

그렇기에 임모탈은 가장 품성이 올바른 막내 제자에게 자신의 소명을 잇게 하려 하였다.

　바르고 순수한, 그래서 흑마법사와는 가장 어울리지 않았던 아이.

　라데우스는 자신이 없다며 한사코 거부했으나, 임모탈은 결국 그에게 소명을 넘기기로 결정하였다.

　탐욕적인 다른 제자들에게 자신의 권능이자 책임을 넘긴다면, 그 다음이 어떻게 될 지는 불 보듯 뻔한 일이었으니까.

　결국 라데우스는 스승의 부탁을 받아들였고, 그렇게 새로운 신의 사자가 탄생되는 듯싶었다.

　임모탈의 첫 번째 제자였던, '샬리언'의 욕심만 아니었더라면 말이다.

　-스승님께서 어찌 내게 이러실 수가……!

　샬리언은 어려서부터 임모탈에게 흑마법을 배운, 그의 수제자이자 아들과도 같은 존재였다.

　그는 천재였고, 그렇기에 그 누구보다 빠르게 임모탈의 가르침을 흡수했다.

　당연하겠지만 임모탈은 샬리언을 어여삐 여겼고, 그를 무척이나 애지중지하며 키웠다.

　그의 부탁이라면 무엇이든 들어주었고, 그가 하기 싫어했던 것은 그게 무엇이 되었든 대신 해 주었다.

　하지만 그것이 문제였다.

　샬리언은 무척이나 탐욕적으로 자라났고, 임모탈이 그것

을 깨달았을 때쯤에는 이미 돌이킬 수 없는 탐욕 그 자체가 되어 있었다.

그러니 그는 분노하지 않을 수 없었다.

자신을 선택하지 않은 스승에게.

심지어 일곱 제자 중 '가장 보잘 것 없었던' 막내를 선택한 스승에게 말이다.

─날 선택하지 않으신 것을 후회하시게 만들어 드리리다!

샬리언은 스승이 신의 사자라는 것을 알고 있었다.

신의 사자가 되면 강력한 힘과 영생을 얻게 된다는 것도 알고 있었고, 샬리언이 언젠가 소명을 물려주리라는 사실도 알고 있었다.

그런 사실들을 알고 있었던 것이 문제였다.

당연히 그것을 물려받을 이는 자신일 것이라고 생각해 왔기 때문이었다.

그리고 광분한 샬리언은 금기를 선택하기에 이르고 만다.

─스승님께서 내게 주지 않으신다면, 나의 힘으로 갖고 말리라!

영생, 그리고 그 무한한 시간에서 나오는 강력한 힘.

그것을 얻을 방법을, 샬리언은 한 가지 알고 있었다.

바로, 생사의 중간점에 있는 존재.

살아있는 인간이 아니되, 망자라고도 할 수 없는…….

그것은 바로 리치였다.

─대사형, 그것만은 아니 됩니다!

-그, 그렇습니다. 아무리 화가 나셔도, 인과율을 어기셔서는 아니 됩니다! 신께서 분노하실…….

-닥쳐라! 듣기 싫다. 이놈들!

인간은 죽으면 망자가 된다.

그리고 그 과정에서, 이승의 모든 기억을 잃게 된다.

한마디로 모든 망자들은 '기억'이라는 것을 가질 수 없는 존재인 것이다.

한데 리치는, 망자이되 기억을 가질 수 있는 존재이다.

망자이나 이승에 머물 수 있으며 희로애락을 느낄 수 있는, 규격 외의 존재.

흑마법으로 어둠의 그릇을 만들고 그 안에 자신의 영혼을 담는 금단의 비술을 사용해, 인간에게 허락되지 않은 것들을 누리는 존재가 바로 리치였다.

그리고 천재였던 샬리언은, 스승 몰래 자신의 흑마법과 지식을 총동원하였고 이내 리치가 되었다.

스승의 소명을 이을 예정이었던 막내 라데우스를 제물로, 영혼의 그릇을 만드는 데 성공한 것이었다.

결국 '편법'을 통해 삶과 죽음이라는 인과율에서 자유로워지게 된 것이다.

하지만 리치가 되었다고 해서 모든 일이 해결된 것은 아니었다.

차원의 질서가 뒤틀린 것을 어둠의 신인 카데스가 알아채지 못했을 리 없었고, 다시 바로잡으려 할 것이기 때문이었다.

그의 눈에 띄는 순간 샬리언은, 그대로 소멸할지도 모른다.

그러나 샬리언은 당황하지 않았다.

그는 이 상황까지도 예측하고 있었기 때문이다.

—생사의 인과율을 관장하는 어둠의 신을, 나의 편으로 만들어야 한다. 그러기 위해서는……!

이미 한 번 금단을 저지른 샬리언은, 더 이상 망설임이 없었다.

그는 아예 다른 차원계, 마계로 눈을 돌렸다.

—마신에게 도움을 청해야겠어.

띠링—!

—숨겨진 에피소드 '어둠의 비사 I '이 종료되었습니다.

—조건이 충족되지 않아, 다음 에피소드를 오픈할 수 없습니다.

—다음 조건이 충족된다면, '어둠의 비사 II' 에피소드가 오픈될 것입니다.

영상은 거기서 끝이 났다.

장장 1시간에 걸쳐 이어진, 전혀 생각지도 못했던 스토리.

까맣게 변했던 시야는 다시 밝아져 돌아왔지만 훈이는 멍한 표정으로 움직이지 못했다.

방금 영상을 통해 확인한 스토리를 머릿속으로 다시 정리
해야 했기 때문이었다.

　　'뭐야? 이 스토리대로라면 오히려 카데스가 임모탈 편이
어야 하는 거 아니야?'

　　분명 영상의 마지막에서 카데스는 인과율을 어긴 샬리언
에게 분노하고 있었다.

　　애초에 샬리언과 카데스가 한통속일 것이라 단정 짓고 있
던 훈이로서는, 혼란스러울 수밖에 없는 게 당연했다.

　　전제 자체가 뒤틀려 버리고 말았으니까.

　　초점 없는 눈으로 허공을 응시하던 훈이가, 릴슨을 향해
천천히 입을 열었다.

　　"형! 형도 방금 영상 본 거야?"

　　릴슨이 고개를 끄덕였다.

　　"응. 나한테도 영상 보이더라. 아마 고서들의 주인이 나이
기 때문에 보인 것 같아."

　　"이거 대체……. 무슨 상황일까?"

　　영상을 확인하기 전, 릴슨 또한 훈이에게 대략적인 상황에
대한 설명을 들었었다.

　　그렇기에 그 또한 혼란스럽기는 마찬가지였다.

　　"뭘까? 분명히 뭔가 있어. 조금만 더 생각해 보자."

　　릴슨과 훈이는 마주앉은 채 골똘히 생각에 잠겼다.

　　두 사람은 마치 미제 사건을 추리하는 명탐정이라도 되는

양, 방금 보았던 스토리를 하나하나 되짚어 보기 시작했다.

그런데 추리가 시작된 지 10분도 채 지나기 전, 갑자기 훈이가 자리에서 벌떡 일어나더니 손뼉을 짝 하고 마주쳤다.

"아 맞다, 그거였어!"

−뭐지? 이안이 갑자기 멈췄어요!

−어, 그러네? 이건 또 무슨 시추에이션임? 공격하다 말고 갑자기 왜 멈추는 거야?

−헐ㅋㅋ 버그라도 걸린 건가? 이안이 카일란 최초로 버그사 하나요?

이례적으로 인간계의 최상위급 랭커들이 전부 모여 진행 중인 '사령의 군장' 보스 레이드.

랭커들은 그 이름값을 증명이라도 하듯 사령의 군장을 몰아붙였고, 덕분에 보스의 생명력은 이제 10퍼센트도 채 남지 않은 상황까지 왔다.

그리고 큰 이변이 없다면, 오래 걸려도 30~40분 안으로는 레이드가 마무리될 수 있었던 상황.

그런데 그때, 그 누구도 예측하지 못했던 상황이 만들어지고 말았다.

레이드에서 가장 큰 존재감을 뿜어내던 이안이, 사령의 군장에게 딜을 넣다 말고 그 자리에 멈춰 서 버린 것이었다.

마치 렉이라도 걸린 듯, 갑자기 자리에 우뚝 서 버린 이안의 신형.

이안 캐릭터뿐 아니라 이안의 모든 가신들과 소환수들 까지도 동시에 자리에 멈춰 버렸으니, 확실히 평범한 상황은 아니었다.

그리고 멈춰 버린 이안의 머리 위로, 사령의 군장이 발동시킨 어둠의 파동이 휩쓸고 지나갔다.

"안 돼……!"

"쟤 왜 가만히 있는 거야?"

"갑자기 뭐야? 버그인가?"

여기저기서 터져 나오는 단발마의 비명 소리.

이안이 여기서 사망한다면, 남은 레이드에 차질이 생길 수밖에 없기 때문이었다.

물론 이안이 없더라도 질 만한 상황은 아니었으나, 훨씬 더 어려워질 것만은 분명했으니까.

하지만 유저들의 탄성은 곧 의아함으로 바뀔 수밖에 없었다.

콰아앙-!

대지를 분쇄시키기라도 할 듯 어마어마한 굉음을 뿜어내며 떨어져 내린 어둠의 기운 사이로, 이안의 신형이 너무도 멀쩡하게 서 있었기 때문이었다.

원래라면 그대로 회색빛으로 변하며 게임아웃 되었어야만 했는데, 게임아웃은 커녕 생명력 게이지가 미동조차 하지 않은 것이다.

당황한 유저들이 동요했다.

"뭐, 뭐야? 저거 왜 저래?"

"뭐지? 소환술사한테 무적 스킬도 있었어?"

"무적은 아닌 것 같고, 그냥 버그 걸려서 그런 것 같은데?"

현장에서 전투 중이던 유저들뿐 아니라, 네티즌들도 당황하기는 마찬가지였다.

-님들, 저거 아무래도 버그 맞는 것 같죠?

-그런 듯하네요. 무적 관련 스킬이라기엔 너무 상황이 이상함.

-맞아. 카일란이 아무리 버그가 없기로 유명해도, 이제 한 번쯤 생길 때 됐음.

그런데 그때, 누군가 반론을 제기했다.

-노노, 님들 저거 버그 아니래요.

-엥? 그걸 님이 어떻게 알아요.

-방금 고객센터에 신고하려고 전화했었음.

-헐ㅋㅋㅋ 행동력 지리네. 고객센터에선 뭐래요?

-뭐라긴요. 버그 아니라고 하죠.

-음……. 뭐지? 진짜 버그 아닌가?

이안의 상태에 대한 추측과 가설들이 수없이 쏟아졌다.

무척이나 당황스러운 상황이었으나, 현장에 있던 랭커들은 금방 정신을 차리고는 다시 레이드에 집중했다.

이안에게 신경을 분산시키기에는, 너무도 적이 강력했기 때문이었다.

"모두 집중! 이안 없어도 충분히 잡을 수 있어!"

"오케이! 저놈 생명력 거의 바닥이니까, 살살 요리하면 마무리할 수 있을 거야!"

그렇게 랭커들은 침착하게 움직이며 이안의 빈자리를 메워 갔다.

50여 분 정도가 지났을까?

-크어어어! 이 내가 고작 인간들 따위에게……!

커다랗게 포효한 사령의 군장이 그 자리에 천천히 무너져 내리기 시작했다.

쿠쿵- 쿵-!

바닥이 울릴 정도로 커다란 소리를 내며 자리에 쓰러지는 레이드 보스.

그리고 이어서, 레이드에 참여한 모든 이들의 시야에 기다렸던 시스템 메시지가 울려 퍼졌다.

띠링-!

-레이드 보스 '사령의 군장'을 성공적으로 처치하셨습니다!

-경험치를 46,987,030만큼 획득합니다.

-명성을 1만 만큼 획득합니다.

-레이드에 기여하셨으므로, 보상을 획득합니다.

-'레이드 보물 상자' 아이템을 획득합니다.

보스가 쓰러지는 것을 보며, 유저들은 안도의 한숨을 내쉬었다.

"후아, 진짜 힘들었네. 하마터면 큰일 날 뻔했어."

"크, 샤크란 님 수고하셨습니다. 마지막에 극딜 넣어 주셔서 피해 없이 마무리됐네요."

"별말씀을."

"레비아 님도 정말 수고 많으셨어요. 진짜 사제 랭킹 1위 클래스 쩌네요. 회복량 지렸음."

랭커 유저들은 훈훈한 대화를 나누며 서로의 공을 치하했다.

그때, 획득한 보상을 확인하던 헤르스가 이안이 있던 자리로 시선을 돌리며 중얼거렸다.

"그나저나 쟨 언제까지 저렇게 멈춰 있......!"

하지만 헤르스의 중얼거림은 끝까지 이어지지 못했다.

전투가 끝날 때까지 거의 1시간에 가까운 시간 동안 자리에 멈춰 있던 이안과 소환수들의 신형이 감쪽같이 사라져 있었기 때문이었다.

"마신 데이드몬! 왜 그 생각을 못 했지?"

훈이의 머릿속에 어지러이 뒤섞여 있던 정보의 조각들이, 하나 둘 맞춰지며 커다란 하나의 그림을 만들어 내었다.

그리고 그 만들어진 그림에는 아직 조각 하나가 부족했는데, 그 라스트 피스가 바로 '마신 데이드몬과 리치 킹 샬리언의 관계'였던 것이다.

'샬리언이 데이드몬과 무슨 작당을 한 게 분명해. 그로 인해 카데스가 변하게 된 것이고.'

이 마지막 열쇠를 찾는다면, 비로소 그림이 완벽히 완성될 것이다.

현재 인간계에서 진행되고 있는 뉴 에피소드. 이 에피소드의 모든 인과관계가 비로소 드러나게 될 테니까.

그리고 그 마지막 퍼즐을 완성하고 나면, 어둠의 신룡 루가릭스를 어떻게 구슬려야 할지도 알 수 있게 될 것 같았다.

훈이는 서둘러 인벤토리를 뒤졌다.

릴슨에게 보여 줘야 할 아이템이 하나 있었다.

"릴슨 형, 혹시 마계의 아이템도 감정이 가능해?"

훈이의 물음에, 릴슨이 고개를 끄덕였다.

"음, 가능하긴 해. 경우에 따라 특별한 재료가 필요하긴 하지만 말이야."

훈이는 인벤토리에서 지금까지 고이 모셔 두었던 '데이드
몬의 서' 아이템을 꺼내어 릴슨에게 넘겼다.

훈이가 과거에 '어둠의 신 카데스의 심부름' 퀘스트를 완료
하고 받았던 아이템이었다.

애초에 카데스의 심부름 자체가 '과거에 있었던 데이드몬
과의 거래'를 이행하기 위한 것이었으니, 이 '데이드몬의 서'
아이템이 분명 단서가 될 것이라 생각했다.

'데이드몬의 서'의 아이템 정보가 다음과 같았으니 말이다.

데이드몬의 서

등급 : 전설   **분류 : 잡화 (유물)**

마신 데이드몬과 어둠의 신 카데스의 권능이 담겨있는 고서古書이다.
두 신의 맹약에 대한 내용이 담겨 있으며, 히든 클래스인 '파괴의 마법
사' 클래스로 전직하기 위한 단서가 담겨 있다.
*봉인되어 있는 아이템입니다.
*마신의 제단에 공양할 시, 높은 등급의 보상을 받을 수 있는 아이템입
니다.

릴슨이 이 '데이드몬의 서'에 걸린 봉인을 풀어 낼 수 있다면
두 신이 맺은 맹약에 대한 내용을 확인할 수 있을 것이었다.

훈이에게서 아이템을 받아 든 릴슨이, 혀를 내둘렀다.

"와……. 이렇게 귀한 물건을 대체 어디서 구한 거냐? 심
지어 인간계 유저가 마계의 물건을……."

훈이가 핀잔을 주었다.

"그거 구한다고 정말 뼈 빠지게 고생했었으니까, 쓸데없
는 소리 말고 빨리 봉인이나 풀어 줘."

"알겠어, 기다려 봐."

툴툴거린 릴슨은, 훈이에게서 받은 데이드몬의 서에 감정
스킬을 사용하기 시작했다.

그리고 잠시 후, 릴슨의 입이 다시 열렸다.

"역시, 그냥 풀 수 있는 봉인은 아니야."

"그래? 그럼 뭐가 필요한데?"

"아마 넌 잘 모를 텐데, 마령석이라는 게 필요해. 최소 중
급, 상급 마령석이면 더 좋고."

그 말을 들은 훈이가 고개를 갸우뚱했다.

"마령석이라고? 어디서 들어 본 것 같은데⋯⋯."

그에 릴슨이 두 눈을 크게 뜨며 되물었다.

"에? 마령석은 연금술이나 연성술에 쓰이는 재료라서, 생
산 직업 키우는 유저가 아니라면 보통 모를 텐데?"

"아냐, 분명 들어 봤어, 형. 그 어감⋯⋯. 무척이나 낯이
익어."

마령석과 관련된 기억이 왠지 좋은 기억은 아니었던 것 같
지만 훈이는 열심히 머리를 굴려 보았다.

그때, 두 사람만 있던 방문이 벌컥 열리며, 누군가 안으로
들어왔다.

그리고 그 사람의 목소리를 들은 순간, 훈이는 마령석이

왜 친근했는지 깨달을 수 있었다.

"상급 마령석. 내가 제공할게."

딱 봐도 광물이라는 느낌이 드는 '마령석'이라는 이름.

그리고 훈이는, 심지어 그 마령석을 열심히 채굴했던 기억이 있었다.

물론 상급 마령석은 아니었지만 말이다.

"이안 형? 형이 여기에는 어떻게……?"

영주성의 문을 열고 들어온 이는 다름 아닌 이안이었던 것이다.

이안이 씨익 웃으며 훈이에게 말했다.

"어떻게는, 인마. 형이 너 도와주려고 왔지."

"……!"

이안의 말에, 훈이의 안색이 급격히 어두워졌다.

'이번만큼은 혼자서 꿀꺽해 보려고 했는데…….'

대충 보아도 메인 시나리오의 핵심인 굵직한 히든 퀘스트들.

차원 전쟁 때도 그랬듯, 이런 굵직한 핵심 퀘스트를 클리어하다 보면, 결국 큰 시나리오의 주역이 될 수 있다.

당시 이안이 혼자서 인간계 진영을 캐리했던 것처럼 말

이다.

차원 전쟁 때 보여 줬던 이안의 포스는, 정말 어떤 랭커들과도 비교가 불가능할 정도로 압도적인 수준이었다.

그리고 훈이는, 차원 전쟁 당시 이안의 포지션을 노리고 있었다.

이번 에피소드의 주역이 되어 인간계의 영웅이 되는 거창한 꿈을 꾸고 있었던 것이다.

하지만 눈앞에 나타나 싱글싱글 웃고 있는 이안을 보니, 이미 그것은 물 건너간 것 같았다.

"무슨 생각을 그렇게 골똘히 하나?"

이안의 추궁에 훈이는 손사래를 치며 대꾸했다.

"아, 아니야, 형. 그럼 상급 마령석 좀 부탁해."

이안은 피식 웃으며 인벤토리에서 마령석을 꺼내어 들었다.

그리고 상황파악이 끝나지 않아 어리둥절한 표정인 릴슨에게, 그것을 건네주었다.

"자, 릴슨 형, 여기 마령석."

"어? 으응."

릴슨은 얼떨떨한 표정으로 마령석을 받아 들었다.

그리고 훈이에게서 받은 데이드몬의 서에 그것을 올려놓았다.

릴슨의 시선이 다시 이안을 향했다.

"혹시 이안아, 너 마령석 여러 개 있어?"

이안이 고개를 끄덕였다.

"중급은 엄청 많은데, 상급은 지금 한 세 개 정도밖에 없어. 왜?"

"아, 아니. 이게 한 번에 성공할 수 있다는 보장이 없어서……."

잠시 멈칫 한 이안이 나직한 목소리로 말했다.

"그거 비싼 거야, 형."

"알아."

"그러니까 한 번에 성공해. 두 개째부턴 가격 청구할 거니까."

"……."

릴슨은 침을 꿀꺽 삼킨 뒤 마정석에 손을 올렸다.

'후우, 이게 요즘 시세가 얼마였더라? 150만 골드 정도였나?'

실패하는 순간 노트북 한 개 값을 날린다고 생각하니, 등줄기를 타고 식은땀이 흘러내리기 시작했다.

마정석과 데이드몬의 서에 온 정신을 집중시킨 릴슨.

그는 침을 꿀꺽 삼키며, 침착하게 감정 스킬을 발동시켰다.

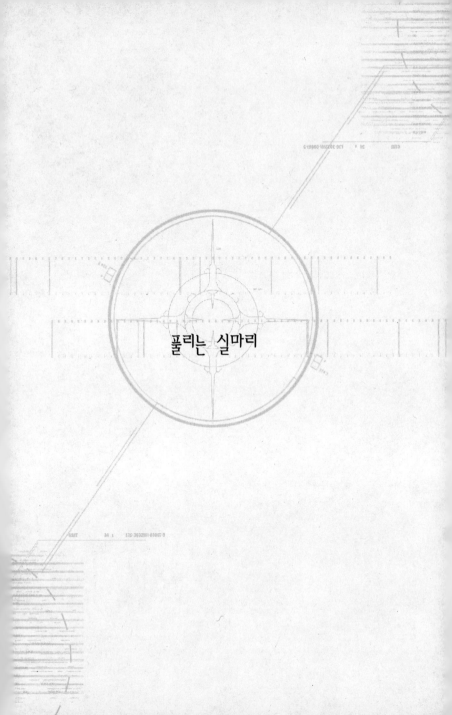

풀리는 실마리

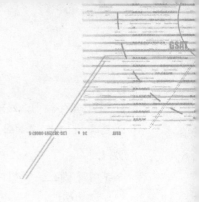

　훈이가 릴슨의 도움으로 발동시킬 수 있었던 스토리인 '어둠의 비사'.

　'숨겨진 에피소드'라는 수식어가 붙은 만큼, 이 에피소드를 보기 위해서는 특별한 자격이 필요했다.

　어둠의 신 카데스와 마신 데이드몬의 거래.

　이 거래와 관련된 퀘스트를 클리어한 적이 있는 유저들에게만 이 에피소드 영상이 공유된 것이다.

　릴슨이야 관련 퀘스트를 클리어한 적이 없어도 유물의 주인이기에 예외였고 말이다.

　그렇다면 이 에피소드 영상을 공유받은 유저는 총 몇 명이나 될까?

어디 숨겨진 퀘스트를 클리어한 유저가 있을지는 알 수 없었으나, 적어도 훈이와 릴슨 두 사람이 전부가 아님은 확실했다.

훈이와 퀘스트를 함께 클리어했던 '이안'이라는 존재가 있었으니 말이다.

데이드몬의 서를 감정 중인 릴슨을 슬쩍 응시한 이안이 씨익 웃었다.

'레이드 중에 발동돼서 놀라기는 했지만, 정말 꿀 같은 정보였어.'

사령의 군장 레이드 중에 갑자기 멈춰 버렸던 이안.

그 이유가 바로 이 에피소드 영상 공유에 있었다.

이안의 캐릭터의 시간이 멈춰 버리며 이 어둠의 비사 스토리와 연동되었던 것이다.

버그인 것만 같았던 상황이었지만, 알고 보면 지극히 정상적인 상황이었던 것.

어쨌든 이안은 이 에피소드 영상 하나로, 거의 모든 상황을 파악해 낼 수 있었다.

그렇기에 만사 제쳐 두고 훈이를 찾아 영지로 돌아온 것이고 말이다.

'자, 이제 어떤 식으로 진행되려나?'

이안은 흥미진진한 표정으로, 훈이와 릴슨을 번갈아 보았다.

그리고 릴슨이 들고 있던 데이드몬의 서에서 환한 빛이 뿜어져 나왔다.

띠링-!

-마계의 고대 유물, '데이드몬의 서' 아이템을 감정하는 데 성공하셨습니다!

-탐험가 경험치가 54,975,800만큼 상승합니다.

-'유물 감정' 스킬의 숙련 경험치가 915,764만큼 상승합니다.

-'유물 감정' 스킬의 레벨이 마스터 3레벨에서 마스터 4레벨로 상승합니다.

-전설 등급의 유물 감정에 성공하여, 명성을 10만만큼 획득합니다.

"됐다!"

릴슨은 주먹을 불끈 쥐었다.

과거 릴슨은, 이안이 감정을 의뢰했었던 전설 등급의 유물인 '여의보도'를 감정해 낸 적이 있다.

수십 개가 넘는 최상급 감정석을 소모해서 겨우 감정에 성공했었던 것이다.

당시 고급 9레벨이었던 유물 감정 스킬이 마스터 3레벨까지 오른 상황이기는 했지만, 그래도 한 번에 전설 등급의 유물을 감정해 낸 것은 엄청난 것이었다.

사실 릴슨조차도 2~5회 정도는 실패할 각오를 하고 있었다.

이안이 보유하고 있다던 상급 마령석 세 개를 다 쓰기 전에만 감정에 성공해도 좋겠다는 생각이었건만, 이렇게 노트북 두 대 값을 아끼게 되니 날아갈 것만 같았다.

"크으, 탐험가 랭킹 1위 클래스 봤지?"

어깨를 쭉 펴며 위풍당당한 표정을 짓는 릴슨.

그런데 릴슨의 자랑에 두 사람이 반응하기도 전에, 그들의 시야로 새로운 시스템 메시지가 주르륵 하고 떠올랐다.

띠링-!

-'데이드몬의 서' 아이템의 봉인이 해제됩니다.

-고대 마계어로 작성된 고서입니다.

-내용을 알 수 없습니다.

그것을 본 훈이가 어처구니없는 표정이 되어 중얼거렸다.

"뭐야, 봉인까지 풀었으면 이제 보여 줘야지! 여기서 또 이러면 어쩌자는 건데?"

하지만 훈이의 짜증에 대답이라도 하듯, 연이어 시스템 메시지가 울려 퍼졌다.

-'마신 데이드몬의 음모'를 밝혀내기 위한 모든 조건을 충족하였습니다.

-'차원의 중재자 이리엘을 찾아서' 퀘스트가 발동합니다.

'차원의 중재자 이리엘을 찾아서 (히든)(연계)'

당신은 고대의 유물들을 분석하는 작업을 통해, 어둠 속에 묻혀 있던 '비사'를 발견해 내었다.

그리고 그 숨겨진 역사 속에는, 차원의 균형을 깨뜨리려는 음모가 담겨 있다.

그것은 바로, 리치 킹의 탐욕으로부터 시작된 인과율의 균열.

그런데 어쩐 일인지, 차원의 균열을 막아야 할 어둠의 신 카데스가 리치 킹 샬리언을 방치하고 있다.

완전무결한 존재인 신 카데스에게도, '탐욕'이라는 감정이 생긴 것이다.

만약 이 균열이 계속해서 벌어지게 된다면, 종래에는 인간계에 파멸의 위기가 도래할 것이다.

고서古書에 의하면, 카데스의 탐욕에는 마신의 힘이 일부 관여되어 있다.

그리고 이 '데이드몬의 서'에는, 두 신 사이에 있었던 일들이 전부 기록되어 있다.

차원의 중재자인 이리엘을 찾아가 도움을 청하도록 하자.

그녀라면 고대의 마계어를 읽을 수 있을 것이다.

그녀에게 데이드몬의 서를 가져다준다면, 그것을 읽은 뒤 균열을 막을 수 있는 방법을 알려 줄 것이다.

퀘스트 난이도 : S

퀘스트 조건 : 알 수 없음

제한 시간 : 없음

보상 : 알 수 없음

*거절할 수 없는 퀘스트입니다.

　　이리엘이 머물고 있는 '사랑의 숲'.

　　차원의 마도사인 그리퍼를 통하지 않고는 갈 수 없는 곳이지만, 이안에게는 예외였다.

　　이안에게는 차원의 씨앗이 있기 때문이었다.

차원계에 관계없이 한 번이라도 가 봤던 좌표로는, 언제든 차원의 문을 열어 이동할 수 있는 사기적인 아이템이 바로 차원의 씨앗이다.

이안은 곧바로 차원의 문을 열었고, 훈이와 이안은 곧바로 그 문을 통해 이동했다.

하지만 릴슨은 합류할 수 없었다.

레벨이 부족해 퀘스트를 받지 못한 탓이었다.

그리고 사랑의 숲에 처음 와 본 훈이는 눈을 동그랗게 뜨고는 감탄사를 터뜨렸다.

"오오, 여기 엄청 샤방샤방하게 생겼네? 하늘색이 핑크빛이야!"

이어서 이안을 향해 시선을 돌리며 물었다.

"형은 여기 처음 아니지?"

"응."

"여기 뭐 하는 곳이야? 무슨 무릉도원같은 느낌인데?"

훈이는 완전히 새로운 느낌의 공간에 신기하다는 듯 연신 두리번거렸다.

그것을 본 이안이 피식 웃으며 입을 떼었다.

"훈이 너 여자친구 있냐?"

그리고 생각지도 못한 질문을 받은 훈이가 움찔했다.

"여자……친구?"

"응. 요즘은 초딩들도 다들 여친 있다던데……."

그에 훈이가 버럭 했다.

"아니, 대체 어느 나라 초딩이야, 그건?"

"어느 나라 초딩이긴, 한국 초딩 말하는 거지."

"그, 그럴 리가 없거든!"

당황하는 훈이를 보며, 이안이 실실 웃었다.

"아무튼! 묻는 말에나 대답해, 짜샤. 있어, 없어?"

모태솔로인 훈이에게는 너무도 끔찍한 질문이었다.

핑크빛 하늘을 보고 들떠있던 훈이의 기분이 순식간에 곤두박질쳤다.

시무룩해진 훈이가 입술을 삐죽 내밀며 작은 목소리로 대답했다.

"어, 없어."

이안이 한차례 더 확인사살을 시도했다.

"한 번도?"

"응······."

그에 올챙이 적 생각 못하는 이안이, 사악한 미소를 지으며 말을 이었다.

"훈아, 여기가 뭐 하는 곳이냐고 물어봤지?"

"······?"

"여긴 말이야······."

잠시 뜸을 들인 이안이 다시 입을 열었다.

"지옥이야."

"응......?"

이안의 입꼬리가 슬쩍 말려 올라갔다.

"적어도 너한테는 말이야."

사랑의 숲에 도착한 두 사람은, 어렵지 않게 이리엘을 찾았다.

숲의 지리를 훤히 꿰고 있는 이안이 있으니 그것은 당연한 것이었다.

훈이가 조금 고통받기는 했지만, 그것은 소소한 것일 뿐이었다.

이리엘은 이안을 반갑게 맞아 주었고, 곧바로 연계 퀘스트가 진행되었으니 말이다.

어쨌든 두 사람으로부터 데이드몬의 서를 받아 든 이리엘은, 심각한 표정으로 그것을 읽어 내려가기 시작했다.

"자, 집중해서 들어 주세요."

그리고 그 내용을 요약하면 다음과 같았다.

마신 데이드몬은, 인간계의 균형이 깨지기를 원한다.

나아가 인간계를 수호하는 신들이 분열을 원한다.

그렇기에 리치 킹 샬리언의 제안은, 그에게 무척이나 매력

적일 수밖에 없는 것이었다.

"마신이시여, 나는 탐욕의 씨앗이 필요합니다."

-탐욕의 씨앗이라. 그것이 왜 필요하지? 네 녀석은 이미 탐욕 그 자
체인데 말이야.

"어둠의 신 카데스에게 '탐욕'을 일깨워 주려 합니다. 그리
하여 내가 그에게 많은 것을 줄 수 있음을, 탐욕을 통해 알리
려 하나이다."

-크크큭, 크하하핫!

탐욕의 씨앗은, 본래 천신天神들을 타락시키기 위해 만들
어진 물건이었다.

한때 천계의 공격에 의해 멸망의 위기에까지 내몰렸던 마
계를, 기사회생할 수 있게 만들어 줬던 기물인 탐욕의 씨앗.

마신들은 이 기물을 이용해 다섯이나 되는 천신들을 타락
시키는 데 성공했고, 그들은 마신이 되어 버리고 말았다.

현재 마계를 수호하는 열셋의 마신들 중 다섯의 마신이 타
락한 천신들이었던 것이다.

사실 샬리언은 이 탐욕의 씨앗이 어떠한 물건인지 정확히
알지 못했다.

단지 신을 타락시킬 수 있는 유일한 물건이라는 것만 알고
있을 뿐이었다.

하지만 그것만으로도 충분했다.

탐욕의 씨앗을 이용하면, 카데스를 자신의 편으로 만들 수

있을 것만은 분명했으니까.

'탐욕'이 생긴 카데스는 더 강한 권능에 목말라할 것이고, 그런 그에게 리치 킹은 훌륭한 도구가 될 것이었다.

-좋다. 탐욕의 씨앗을 내어 주도록 하지.

"감사합니다, 마신이시여."

-하지만 이것은 내게도 무척이나 귀한 물건이다.

"제게 바라시는 것이 있습니까?"

-바라는 것은 없노라. 단지 성공하지 못한다면, 내게 영혼을 바쳐야 할 것이다.

"알겠……나이다."

결국 데이드몬에게서 탐욕의 씨앗을 받아 낸 샬리언은, 어둠의 신단으로 숨어들어 카데스의 제단에 그것을 공양해 올렸다.

카데스의 신격에, '탐욕'이라는 감정을 심어 버린 것이다.

이리엘의 이야기는 꽤나 오래 이어졌다.

심각한 표정으로 데이드몬의 서를 읽어 내려가던 이리엘을 향해 이안이 궁금한 것을 물어보았다.

"그렇다면 어째서 샬리언은 마계에 봉인당했던 것인가요?"

함께 이야기를 들은 훈이도 한마디 덧붙였다.

"그러게요. 분명 얼마 전까지 샬리언은, 마계에 봉인되어 있었거든요. 카데스를 타락시키는 데 성공했다면, 그가 샬리언을 돕지 않았을까요?"

두 사람의 물음에, 이리엘이 쓴웃음을 지으며 대답했다.

"아뇨. 샬리언이 카데스에게 탐욕의 씨앗을 심기는 했지만, 그렇다고 곧바로 카데스가 타락한 것은 아니에요."

"네?"

"무려 신격神格을 가진 카데스가, 그렇게 쉽게 타락해 버리지는 않거든요."

"그렇다면……?"

"카데스가 타락하는 데까지는 정말 오랜 시간이 걸렸을 거예요. 탐욕의 씨앗이 그의 신격을 천천히 잠식시켰을 테니까 말이죠."

"아, 그래서……."

샬리언은 카데스에게 탐욕의 씨앗을 심는 데 성공했지만, 결국 그에게 꼬리를 밟히고 만다.

탐욕의 씨앗을 심은 것이 걸린 것은 아니었으나, 그가 '리치'인 것을 들키고 만 것이었다.

그리하여 카데스는 신들의 회의를 소집했고, 인간계의 영웅으로 하여금 샬리언을 처단할 것을 명한다.

그리고 그 인물이 바로, 루스펠 제국의 영웅인 '뮤란'이었던 것이다.

"이리엘 님, 그렇다면 이제 어떻게 해야 하나요? 어둠의 신 카데스의 신격에 심어졌다는, 그 탐욕의 씨앗을……. 제

거하면 되는 건가요?"

훈이의 물음에, 이리엘이 고개를 저었다.

"아뇨, 그것은 불가능해요. 카데스는 이미 타락하기 시작했고, 이대로 두면 아마 마신이 되어 버릴 겁니다."

"그럼…… 어떡하죠?"

이리엘의 커다란 눈이 맑게 반짝인다.

이안과 훈이를 번갈아 응시한 그녀가, 빙긋 웃으며 다시 입을 열었다.

"신들의 문제는 이제 신에게 맡겨야겠죠."

"네?"

"이제 그대들은, 인간 영웅으로서 그대들이 할 수 있는 일을 해 주세요."

"저희가 할 수 있는 일이라면……?"

"유피르 산맥 너머에서 어둠의 군단을 일으키고 있는, 리치 킹 샬리언을 저지하는 것 말이에요. 과거 루스펠의 영웅 뮤란이 그랬듯 말이죠."

이리엘은 계속해서 말을 이었다.

"다른 신들이 카데스의 타락에 대해 알게 된다면, 이제 그는 샬리언을 도울 수 없게 될 거예요. 그렇게 되면 해 볼 만한 승부가 되지 않겠어요?"

그 뒤로도 이리엘의 이야기는 조금 더 이어졌다.

그것은 과거에 영웅 뮤란이, 어떻게 리치 킹인 샬리언을 봉인할 수 있었는지에 대한 내용이었다.

그리고 그 열쇠는 바로 두 마리의 신룡에게 있었다.

어둠의 신룡 루가릭스와 빛의 신룡 엘카릭스.

이어서 이안의 눈앞에 생각지도 못했던 퀘스트 창이 떠올랐다.

띠링-!

-'빛의 신 에르네시스를 찾아서' 퀘스트가 발동합니다.

'빛의 신 에르네시스를 찾아서 (히든)(연계)'

어둠의 신 카데스는 당신에게, 자신의 권능이 담긴 '카데스의 구슬' 아이템을 건네주었다.

이어서 그것을 어둠의 신룡인 루가릭스에게 전달하라 당부하였다.

하지만 그의 명령을 이행한다면 신룡 루가릭스는 리치 킹 샬리언의 편이 되고 말 것이다.

그리고 그 결과는 파멸이 될 것임이 자명하다.

이제 모든 것을 알게 된 당신은, 빛의 여신 에르네시스를 찾아가야 한다.

어둠과 완벽한 상성을 가진 그녀만이 카데스의 권능이 담긴 구슬을 정화할 수 있으며, 정화된 구슬이 있어야 어둠의 신룡 루가릭스에게 도움을 얻을 수 있을 것이다.

빛의 여신 에르네시스의 신전은, 유피르 산맥 어딘가에 숨겨져 있다.

그리고 빛의 사자와 함께해야 그녀의 신전을 찾을 수 있을 것이다.

에르네시스에게 자초지종을 설명한 뒤, 카데스의 구슬을 정화받도록 하자.

퀘스트 내용을 쭉 읽어 내려가던 이안은 먼저 의문점을 발견했다.

"카데스의 구슬? 이런 건 받은 적이 없는데……?"

카데스의 구슬은 훈이가 받은 아이템이었고, 이안은 그 사실을 모르기 때문이었다.

그에 훈이가 퉁명스럽게 대꾸했다.

"그거 나한테 있어. 걱정 마쇼."

"아하."

대충 상황을 눈치챈 이안이 피식 웃었고, 훈이의 입은 댓발은 더 튀어나왔다.

그런데 잠시 후, 이안은 당황했는지 헛바람을 집어삼켰다.

"어?"

언제나처럼 퀘스트 창의 마지막에 쓰여 있는 퀘스트 보상 목록에 놀라운 보상이 쓰여 있었기 때문이었다.

'클래스 티어 상승의 기회가 주어진다고?'

이안은 이미 한 번, 테이밍 마스터의 클래스 티어를 상승시켰던 경험이 있었다.

당시 테이밍이 불가능했던 상급 마수인 '라키엘'을 어거지로 테이밍에 성공한 뒤, 2티어였던 테이밍 마스터의 티어가 3티어로 상승했던 것이다. 그러니 이번에 만약 티어가 상승한다면, 테이밍 마스터의 티어는 무려 4티어가 되는 것이다.

현재까지 알려진 히든 클래스의 최고 티어가 3티어였으니, 이것은 그야말로 엄청난 보상이었다.

물론 어딘가에는 이미 4티어 클래스를 얻은 랭커가 있을 수도 있고, 훈이도 이번 모든 퀘스트를 클리어하고 나면 4티어의 클래스인 '사령의 군주'가 되지만 말이다.

'3티어로 상승한 뒤 획득했던 교감 스킬은 정말 잘 사용하고 있는데……. 희생 스킬은 생각보다 쓸 일이 별로 없었지만 말이야.'

소환수의 소환 범위를 기하급수적으로 넓혀 주는 스킬인 '교감 I' 스킬.

이것은 이안이 가진 스킬들 중에 세 손가락 안에 들어갈 정도로 꿀 같은 스킬이었다. 통제 범위를 넓혀 줄뿐더러, 이안이 접속하지 않고 있을 때도 최대 6시간 동안 소환수들이 알아서 사냥을 할 수 있게 해 주니, 그 덕에 지금 수많은 소환수들의 레벨을 유지할 수 있었던 것이다.

반면에 엄청난 버프 효과를 가지고 있는 '희생 I' 스킬은 의외로 사용할 일이 적었다.

버프 효과 자체는 어마어마하지만 소환수 하나를 희생시켜야 할 만큼 극단적인 상황이 잘 오지 않았던 탓이다.

게다가 그것이 끝이 아니었다. 사실 티어 상승이 가져다주는 가장 큰 메리트는, 직업 스텟의 상승에 있었으니까.

통솔력과 친화력 등의 소환술사 필수 스텟들. 특히 통솔력이 더 상승하게 된다면, 아마 전설~신화 등급 정도 되는 소환수를 한 마리 정도 더 부릴 수 있게 될 것 같았다.

이안의 입꼬리가 슬쩍 말려 올라갔다.

'이번엔 어떤 스킬들을 얻게 될지 벌써부터 기대가 되는데?'

애초에 티어 상승에 실패할 수도 있다는 생각 자체는 하지 않는 이안은, 김칫국을 거하게 들이켰다.

"크으…!"

이안의 의지가 활활 불타오르기 시작했다.

훈이와 이안은, 레비아를 찾아 중부 대륙의 북쪽으로 움직였다.

레비아가 빛의 사자임을 깨닫는 것은 별로 어렵지 않았다.

이리엘이 결정적인 단서를 알려 줬기 때문이었다.

그것은 바로…….

"그런데 이리엘 님, 빛의 사자는 누구인가요?"

-글쎄요. 저도 그녀가 누군지는 알 수 없답니다. 다만, 한 가지 단서는 알고 있어요.

"어떤……?"

-빛의 사자는 인간이며, 새하얀 날개를 가지고 있다는 것이죠.

새하얀 날개.

그 한 단어만으로도 충분했다.

훈이에게 오기 직전 레이드에서, 이안은 순백의 날개를 가
진 최강의 사제와 함께했기 때문이었다.

-이안 : 레비아 님, 어느 방향으로 가면 되죠? 지금 유피르 산맥 동남
쪽으로 들어왔어요.

-레비아 : 아, 이안 님. 그럼 혹시 완전히 초입이신가요?

-이안 : 넵. 지금 게이트 앞입니다.

-레비아 : 유피르 산맥으로 들어오는 게이트가 한두 군데가 아니어서
요. 좌표 좀 불러 주시겠어요?

-이안 : 네. 여기는 1798, 1231이네요.

-레비아 : 오케이! 기다리세요.

이안과 메시지를 주고받은 레비아는 금세 두 사람의 앞에
나타났다. 그리고 간단한 인사를 나눈 세 사람은, 빠르게 유
피르 산맥 안쪽으로 진입하기 시작했다.

제법 고레벨대의 강력한 몬스터들이 즐비한 유피르 산맥
이었지만, 최상위 랭커인 세 사람이 파티를 맺자 식후 요깃
거리도 되지 않는 수준이었다.

그렇게 20여 분 정도를 움직였을까?

세 사람은, 은은한 빛이 흘러내리는 새하얀 신전에 도착할 수 있었다.

이안을 발견한 빛의 신 에르네시스.

잠시 뜸을 들인 그녀의 첫마디는, 바로 이것이었다.

-그대는 특별한 힘을 가진 존재로구나.

조금 뜬금없는 말에, 이안이 고개를 갸웃하며 되물었다.

"특별한 힘이라면……?"

에르네시스가 빙긋 웃으며 대답했다.

-처음 그대의 특별한 힘을 느끼고, 신의 사자라고 생각했었다. 나의 아이인 레비아처럼 말이지.

이안은 잠자코 그녀의 말을 듣고 있었고, 그녀가 다시 입을 열었다.

-하지만 그대는 그 어떤 신과도 맹약을 맺지 않은, 하지만 그만한 힘과 능력을 가진 특별한 존재.

에르네시스는 자신의 한쪽 손을 살짝 들어 올렸다.

그러자 그 손길을 타고, 새하얀 빛의 구름이 이안을 향해 빨려 들어갔다.

-빛의 여신, 에르네시스가 축복을 내립니다.

-모든 전투 능력치가 일시적으로 30퍼센트만큼 증가합니다.(다른 버프 효과와 중첩되는 효과입니다.)

그와 동시에 이안의 전신에서 빛이 은은하게 새어 나왔다.

에르네시스가 작은 목소리로 중얼거렸다.

—어쩌면 인간계에서, 또 하나의 중간자가 탄생할지도…….

"……?"

무슨 이야기인지 이해하지 못한 이안은 멀뚱한 표정으로 있었고, 훈이는 살짝 뾰루퉁한 표정이었다.

'빛의 신인지 뭔지 저 녀석도 이안 형만 특별대우해 주는군.'

그런데 그때, 훈이의 마음을 읽기라도 한 듯 에르네시스가 가볍게 웃었다.

—어둠의 군주여, 그대에게는 나의 축복을 내려줄 수가 없노라. 어둠의 존재에게 나의 축복은, 오히려 독이 되기 때문이지.

그에 멋쩍어진 훈이가 뒷머리를 긁적이며 대답했다.

"아, 네에……."

그리고 어떤 퀘스트라도 주는지, 에르네시스는 레비아와 잠시 따로 대화를 나눴다.

이어서 그녀의 시선이 다시 훈이를 향해 움직였다.

—아이야, 내게 부탁할 것이 있지 않느냐.

훈이는 얼떨결에 고개를 끄덕이며 대답했다.

갑작스러웠기 때문인지 상황극에 몰입하는 것도 잊고 말았다.

"예, 잠시만요."

훈이는 인벤토리를 열어 곧바로 '카데스의 구슬'을 꺼내 들었다.

에르네시스가 구슬을 향해 손을 뻗자, 검보랏빛 구슬의 주변으로 하얀 빛이 일렁이기 시작했다. 그리고 하얀 빛에 시커먼 연기가 휘감기더니, 허공으로 함께 증발해 버렸다.

훈이는 고개를 살짝 갸우뚱했다.

카데스의 구슬의 외형이나 색상에 아무런 변화가 없기 때문이었다.

'뭐지? 정화된 거 맞나? 하얀 색으로 변할 줄 알았는데.'

그런데 바로 그때, 훈이의 눈앞에 몇 줄의 시스템 메시지가 떠올랐다.

띠링-!

-'카데스의 구슬'에 담긴 어둠의 권능이 정화되었습니다.

-'카데스의 구슬' 아이템의 정보가 변경됩니다.

메시지를 읽은 훈이는, 본능적으로 아이템의 정보 창을 오픈해 보았다.

카데스의 구슬

분류 : 잡화　　　　　　　　**등급 : 전설**

어둠의 신 카데스가, 자신의 힘을 응축시켜 만든 어둠의 보주이다.
어둠의 힘을 가진 존재에게 사용하면, 대상에게 강력한 어둠의 힘을 전달할 수 있다.
*1회성 아이템입니다.
*유저에게 사용할 수 없는 아이템입니다.

정보 창을 읽은 훈이는 뭐가 변했는지 대번에 알 수 있었다.

'명령이라는 단어가 사라졌어.'

대상에게 명령을 전달한다는 단어가 사라진 대신, 강력한 어둠의 힘을 전달한다는 말이 생긴 것이다.

에르네시스의 말이 이어졌다.

–다 되었다, 어둠의 아이야. 이제 이 물건을 가지고 가 루가릭스를 구슬리는 것은 그대의 몫.

훈이가 고개를 끄덕이며 대답했다.

"알겠습니다, 빛의 신이시여. 기대를 저버리지 않겠나이다."

어느새 한쪽 무릎까지 굽힌 채 그동안 잊고 있었던 상황극에 돌입한 훈이였다.

그를 보며 이안과 레비아는 부끄러움에 몸을 부르르 떨었지만, 에르네시스는 만족스런 표정이 되었다.

–그럼 믿겠다. 꼭 어둠의 신룡의 힘을 빌릴 수 있도록 하라.

"최선을 다하겠나이다."

훈이는 자리에서 일어났고, 이안 또한 에르네시스에게 살짝 고개를 숙여 보였다.

이제 볼일이 끝났으니 어둠의 신룡 루가릭스의 레어가 있는 루가릭 산맥으로 움직여야 했기 때문이었다.

그런데 그때, 에르네시스가 다시 입을 열었다.

–그대들은 루가릭스의 힘을 얻고 나면, 어찌할 계획인가?

생각지 못했던 질문에 일행은 잠시 당황했다.

그리고 잠시 후, 이안이 먼저 입을 떼었다.

"아무래도 리치 킹을 처단하러 북쪽으로 올라가지 않겠습니까?"

이안의 말에, 에르네시스가 고개를 저으며 대답했다.

-루가릭스의 도움만으로는 리치 킹을 상대하기 버거울 수 있을 것이다.

"그렇다면……?"

-나의 사자를 붙여 줄 터이니, 루가릭스를 설득한 뒤 엘카릭스를 찾도록 하라.

"엘카릭스라면, 빛의 신룡을 말함입니까?"

-그렇다. 나의 아이, 엘카릭스를 말함이다.

이미 이안과 훈이는, 이리엘에서 빛의 신룡 엘카릭스에 대한 이야기도 들은 바 있었다. 그녀의 이야기에서 영웅 뮤란은, 리치 킹을 처단하는 데 있어서 루가릭스보다 오히려 엘카릭스의 도움을 더 많이 받았다고 했었던 것이다.

하지만 이리엘에 의하면 빛의 신룡은 지금 인간계에 존재하지 않는다고 했었고, 그렇기에 생각지도 않았던 부분이었다.

이안이 의아한 표정으로 되물었다.

"빛의 신룡은, 수백 년 전 소멸한 것으로 알고 있습니다."

에르네시스가 고개를 끄덕이며 대답했다.

-그대의 말이 맞다. 과거 나의 권능이 봉인당하면서, 그 아이 또한 소

멸당했었지.

이안은 그녀의 다음 말을 기다렸고, 곧 이야기가 이어졌다.

—하나 내가 긴 잠에서 깨어났으니, 이 차원계 어딘가에 나의 아이 또한 잉태되었으리라. 그리고 이안, 그대라면 잠들어 있는 나의 아이를 깨울 수 있을 것 같군.

이안은 그에 대해 좀더 자세히 물으려 했다.

하지만 에르네시스의 말이 끝남과 동시에, 이안과 훈이의 눈앞에 새로운 퀘스트 창이 떠올랐다.

'빛의 신룡 엘카릭스 (히든)(연계)'

빛의 여신 에르네시스의 말에 의하면, 차원계 어딘가에 신룡 엘카릭스가 잉태되었다고 한다.
그리고 용신에게 권능을 허락받은 어비스 드래곤이라면, 영혼의 그릇안에 잠들어 있는 엘카릭스를 부화시킬 수 있을 것이다.
차원 어딘가에 잉태된 신룡 엘카릭스의 알을 찾아 그의 영혼을 깨우도록 하자.
퀘스트 난이도 : SSS
퀘스트 조건 : 300레벨 이상의 소환술사 유저.
　　　　　　　신화 등급의 소환수, '어비스 드래곤'을 보유한 유저.
제한 시간 : 없음
보상 : 신화 등급의 소환수, '엘카릭스'
*거절할 수 없는 퀘스트입니다.

---

to be continued